Bibliografische Information der Deutschen Nationalbibliothek: Die Deutsche Nationalbibliothek verzeichnet diese Publikation in der Deutschen Nationalbibliografie detaillierte bibliografische Daten sind im Internet unter dnb.dnb.de abrufbar

TWENTYSIX – Der Self - Publisching – Verlag
Eine Kooperation zwischen der Verlagsgruppe Random House und BoD – Books on Damond

© 2017 Marie Kreßkiewitz

Herstellung und Verlag
BoD – Books on Damond, Norderstedt

ISBN : 9783740731540

Liebe Leser!!!

Herzlichen Dank, dass ihr mein drittes Buch erworben habt. Ich hoffe, es wird euch gefallen. Eure Meinungen könnt ihr mir gern auf meiner Homepage schreiben: http:mariechenneuautorin.de.tl. Darüber freue ich mich sehr.

Außerdem geht Danke an meine Mama, dem Heim, dem Verlag, meine Freunde, Familienmitglieder und dem Hasi aus Mannheim. Ohne diese lieben Menschen hätte ich das Buch nicht schreiben und verlegen können.

„Auf Ihrem Desktop befinden sich ungenutzte Dateien."

Auf meinem auch. Dankbar sein, dass diese Erkenntnis zwar spät kommt. Aber hey, besser spät als nie.

„Die Ursachen für Ihre Erkrankung sind vielfältig und zu unerforscht. Sie zu bekämpfen wäre unsinnig. Mit diesen Medikamenten wird es Ihnen bald besser gehen. "

Ja nee, ist klar. Die Unlogik auf den Punkt gebracht. Halten wir fest: erste Diagnose: paranoide Schizophrenie. Wow.

Manchmal habe ich mich ernsthaft gefragt, ob es da intern ein Bingo - System zwecks der Diagnosevergabe gibt, ehrlich. Aber dazu später mehr.

Ich muss erst einmal eine Therapie machen. Am 20.09.2004 in der Klinik angekommen wird viel geredet und nichts getan. Das Reden bewerte ich gerade über. Geredet wurde nicht.

Nach knapp drei Wochen: „Ich will nach Hause. Es ist alles gut. Ja, wirklich!" Zu Hause angekommen wird ein eigener Schlachtplan erstellt. Aber wie fängt man an? Und vor allem, wo? Viele Meinungen: „ Such dir ´ne eigene Wohnung. Dann wird es dir besser gehen."

Schade nur, dass man gerade erst einmal 17 Jahre alt war und keinen blassen Schimmer von dem Sozialsystem Deutschlands hatte. Woher soll ich das Geld nehmen für eine eigene Wohnung?
Den Gedanken mit der Wohnung verwarf ich schnell. Aber wie soll es denn werden?

Ich war ja noch in der Schule. Auf dem Weg zur Eliteklasse Deutschlands. Größeren Quark hab ich noch nie gehört. Jeder Depp macht Abi.

Einen Tag nach meinem 18. Geburtstag. Dann nehmen wir uns das Leben. Wird einem dann geholfen? Ich mein, wenn man wieder aufwacht? Probieren geht über Studieren.

Ich wache auf im Krankenhaus. Es war ein Scheiß Gefühl. Ich gebe es zu. Ein Überwachungszimmer. Die Mutter einer früheren Bekannten wäscht mich, Scheiß Kleinstadt – Idylle.

„Sie müssen zurück in die Klinik."
„Aber kann ich nicht in eine andere

Klinik? Ich mein, gibt es keine anderen Möglichkeiten?"

„Gehen Sie dorthin zurück. Die kennen Sie ja dort schon. "

Ja, nee….. Danke fürs Gespräch.

Mein Bruder nimmt sich extra frei für mich und fährt mich zur Klinik zurück.

So eine Scheiße, ich will weg von hier. Machen wir das beste daraus.

Zeit vergeht.
„Es wäre wirklich besser für Sie, wenn Sie auf die zweite Station wechseln, dort sind Gespräche und mehr Therapien."

Ich will eigentlich nicht. Habe Angst vor Konfrontationen oder so. Ok, es kann nur besser werden. Ich Trau mich. Ich gehe auf die zweite Station.

Dort ist es tatsächlich anders. Man hat Gespräche. Man kann sogar zum Patientensprecher gewählt werden.
Ich schaue hoch zu ihm. Aber ich jemals so was?
Nee, warum denn?
Nein.
Ein Arzt fragte mich während der Visite irgendwann, ob ich innerlich Gespräche führen würde.
„Ja."
„Ok, Sie sollten über eine längere und umfangreichere Therapie auf der 4 Station nachdenken. Dort gibt es mehr Regeln und es ist strenger. Ich empfehle Ihnen das wirklich."

Geht's noch. Wenn ich in diesem Moment gesagt hätte, dass ich gar nicht schizophren bin.
Oh, ich glaube, dann wäre ich heute noch auf dieser Station.
„...Schizophrene sehen oft nicht ein, das sie schizophren sind….."
Passt ja gut ins Gesamtbild. Ich weiß.
Danke für die Schublade. Nur leider ist es mir zu eng darin, sorry.

Kurz vor Weihnachten naht Rettung.
„Sie dürfen nach Hause. Wir vermuten, dass sie ein Burn Out Syndrom haben, keine Schizophrenie."
Sehr große Freude.

Nach Hause, jipie. Nur welches zu Hause?

Da hatten wir wieder das alte Problem. Aber ich war mittlerweile schon 18.
Seitens der Erziehungsberechtigung stand nichts mehr im Wege, ich darf also ausziehen.
„Danke Schwesterherz, dass ihr mich aufnehmt. Das ist total lieb von euch."

Wir ziehen in eine größere Wohnung, mein Schwager baut extra eine Wand in das große Schlafzimmer, damit ich ein eigenes Zimmer habe.

Ich wiederhole die Klassenstufe.

Hoffentlich bekomme ich nie wieder vorgeworfen, dass ich Geld koste und dass man alles extra für mich macht.

Mein Wunsch, meine Utopie.

Pustekuchen. Es gab auch Streit, Krach.
Zwar alles anderer Natur als bei meinen Eltern, aber ähnlich belastend.

Scheiße, eine eigene Wohnung muss ran.
Schnell.
Ab zur Vermietungsgesellschaft im Dezember 2005.„Anfang nächsten Jahres wird einen neues Gesetzt herauskommen, dass diejenigen, die Hartz 4 beziehen und unter 25 Jahre sind, nicht mehr in einen eigen Wohnung ziehen dürfen."

Das mach ich. Muss ich ja. Die erste eigene Hütte. Cool, nicht schlecht. Ich hatte eigentlich nicht wirklich viel, aber für alle Fälle das nötigste zum Überleben.

Oh, ich bin ja 12. Klasse. Da war ja was. Jetzt aber ran an den Speck, lernen was das Zeug hält.
Oh nein, ich bin ewig krank, so was wie ne Grippe.

Ich hatte Zeit zum Nachdenken. Die ersten Zweifel kamen.
Will ich dieses Abi überhaupt?.?
Schaff ich das denn?
Ich treffe mich mit meiner Tutorin bei ihr Zuhause. Wir rechnen wild hin und her. So ein Punktesalat. Dabei habe ich mich schon immer gefragt, warum man das Leben noch schwerer machen muss. Reichen Noten denn nicht?
Zu einfach anscheinend.
„Du schaffst das. Hör jetzt nicht auf. Das wäre sinnlos. Glaub dran! Und

schau: Es ist alles machbar und nicht nur utopisch. Auch in Mathe."
Irgendwie will ich es nicht. Ich weiß nicht, warum. Ich laufe Gefahr, mir die Blöße geben zu müssen, wenn ich es nicht schaffe.
Ok, ich probiere es wenigstens.
Gesagt, getan.
Wochenlang sind die heißgeliebten Bücher mit den Prüfungen der letzten Jahre mein ständiger Begleiter.

Mir wird vieles Klarer. Vor allem auch im Problemfach Nr. 1: Mathe.
Ich nehme Nachhilfe und es funktioniert auf einmal. Ich verstehe Mathe.
Das Abi rückt immer näher. Ich hatte so eine Prüfungsangst, aber es klappt.

Dann die Ergebnisbekanntgabe: „Du hast 93 Punkte. Es fehlen dir also 7. Schau, drei mündliche Nachprüfungen. Die erste Nachprüfung ist Deutsch. Du schaffst das !"
Leute, ihr könnt mich alles fragen. Jedes Buch. Ich weiß alles. Aber bitte, bitte, lasst „Mephisto" aus dem Spiel. Ich hasse ihn !
Die Spannung steigt.
Schwesterherz ist wieder dabei. „Los, du schaffst das !"
Ich geh ins Vorbereitungszimmer. Zieh den Zettel …. Scheiße. Verlust der Denkfähigkeit. „erklären sie, warum „Mephisto" …. „ Warum ist…."

Tränen.

Ich habe doch gesagt, dass ich es nicht schaffe.
Ich gehe trotzdem in Prüfungszimmer, vielleicht passiert ein Wunder.

Weinen, Stottern, Verzweiflung.

Ich darf endlich raus. „Ist gegen Baum gegangen, Schwesterherz. Wirklich! „Mephisto"… „Scheiße !"

„Warte ab."
Ich muss wieder rein.
„Wir bewerten Ihre Leistung mit 4 Punkten."
Damit hätte ich mich im Vergleich zur schriftlichen Prüfung um 3 Punkt verschlechtert.
Mein Ziel ist Utopie…
Ich muss aufgeben.

Mach einer fragt sich vielleicht jetzt, warum das in der Schule nicht so klappte.
Die Schule ist so eine Sache. Klasse Bildungseinrichtung. Man bekommt sehr viel Wissen vermittelt. Aber um auf den Punkt zu kommen, muss ich erst einmal beim Ohrschleim anfangen, damit das überhaupt einer versteht.
In der Grundschule war alles gut bei mir. Ich war eine sehr gute Schülerin. In der zweiten Klasse kam ein neues Mädel zu uns. „Sie ist Migrantin, kann kaum Deutsch. Kümmert euch ein wenig um sie:"
Ich glaube, ich liebte sie vom ersten Tag, mein Kulumchen. Und sie mich irgendwie auch.
Komisch, aber schön.

Unser Glück folgt uns sogar auf das Gymnasium in eine gemeinsame Klasse.
Jipie.
Das beste was passieren konnte.
Ich weiß nicht, irgendwie hatte ich immer das Gefühl, das ich anders bin.
Eine Zeit lang dachte ich, ich sei lesbisch, oder so.
Wäre ja kein Problem, aber dazu später mehr.
„Die Klassen werden ab der 7. Jahrgangsstufe wegen unterschiedlichen Sprachen getrennt."
Oh nein, ich kann doch aber nicht wegen Kulmchen Russisch machen.
Ich meine, das sind doch alles andere Buchstaben.
Nein, das traue ich mir nicht zu.

Irgendwann rauche ich. Habe im Ferienlager probiert. Es war scheußlich, aber ich wollte dazu gehören.
Irgendwann hat es mir geschmeckt.

Wir haben einen neuen Schüler in der Klasse.„Boar, hast du dir den mal richtig angeguckt?"
Der Hammer.

Alle Mädels schwärmten.
Ja.
Wir sind zusammengekommen.
Ich dachte mir von Anfang an, irgendwie ist das komisch.
Was will er, der totally prettiest Boy on earth, denn von mir?
Uns verbindet das Rauchen.
Ich habe irgendwann meinen ersten Kuss mit ihm.

Ich traute mich gar nicht. Er hat mir Mut gemacht.
Dann traute ich mich doch.
Es war ok.
Ich hatte mir mehr erhofft. Aber gut, ist ja nicht schlimm.

Er meldete sich irgendwann nicht mehr.

Panik.

Was ist denn jetzt?

Eine Freundin schnappt mich, wir gehen zu ihm.
Ich bitte um ein klärendes Gespräch.
Huste mir dabei einen ab,
Raucherhusten, oder so.
„Nö, ich will nicht mehr mit dir zusammen sein."

Du Arsch, brichst mir gerade kurz das Herz.
Es folgen viele Gespräche mit Schwesterherz und Schwager.
„Ach weißt du, irgendwann lachst du drüber."

Ich weiß nicht, ob es meine erste große Liebe war.
Auf alle Fälle, meine erste.

Dann fehlt mir einiges an Erinnerung aus meiner Schulzeit.

Aber Halt!

Ein was weiß ich noch, als wäre es gestern passiert.

Dienstagmorgen. Ich werde aus meinen heißgeliebten Träumen gerissen. Aber nein, mein Wecker ist diesmal nicht der Übeltäter.

Das ist Lärm, Schläge und … ich höre … Weinen.
Scheiße, der Samariter muss schon wieder seine Eltern erziehen.
Nein Papa, man schlägt nicht. Nein Papa man trinkt auch nicht, um irgendwelche Probleme zu lösen.

„Man, trenn dich doch. Du siehst ja welches Unheil jedes Mal passiert. Zwei deiner drei Kinder haben schon den Kontakt zu euch abgebrochen, wenn das so weiter geht, bin ich auch bald weg."

Ich hätte lieber mit einer Tapete reden sollen, die hätte wahrscheinlich mehr aufgenommen, von dem was ich sage.

Die Antworten blieben stets die gleichen.
„Geld."
„Er verdient doch alles.",,Ich habe nichts."
Ehrlich:
Mir war das alles damals ein Rätsel.
Aber hey, ist bestimmt überall so, dass Kinder ihre Eltern erziehen.
Bestimmt.
Eigentlich wars schlimm.
Auf der Suche nach mir fand ich nichts Gescheites.

Vielleicht soll ich in der Schule zur Vertrauenslehrerin gehen?Aber was will die denn machen?

Und schließlich gab es auch noch eine andere Lehrerin, die mit meinen Eltern befreundet war.

Ich konnte doch nicht einfach öffentlich den Schein trügen.

Die Bilderbuchfamilie.

„Zwei meiner drei Kinder haben Abitur.Die dritte ist auf dem Weg dahin."

Mir hätte eh keiner geglaubt.

Nein, eine andere Lösung muss her.

Jugendamt. Los, ein Versuch ist es wert. Vielleicht krieg ich es ja hin, dass ich zu meiner Schwester ziehen kann, ohne, dass es Ärger gibt.

Ich mein, ich war ja noch keine 18. Einfach ausziehen geht eben nicht. „Hören Sie, Sie sind für Ihr Alter sehr kompetent.Ich kann Ihnen ein betreutes Wohnen in Sonst wo anbieten.

Zu Ihrer Schwester könnten Sie zwar ziehen, aber Ihre Eltern haben jederzeit die Berechtigung, Sie dort abzuholen. Sie sind ja noch nicht 18."

Hmmm, sonst wo? „Und wie soll ich zur Schule? Mit so einem Auto vom Transportdienstleister würde ich abgeholt werden und wieder nach sonst wo geschafft werden. Oder vielleicht könnte ich die Schule wechseln."

Zuviel Konjunktiv auf einmal. Große Unsicherheit.

Nein, ich versuche es doch wieder mit Erziehung.

Großer Krach, viel Streit.

Meine Zimmertür hatte einmal zwei Glasscheiben oben.Eine war dann weg. Also nicht weg. Eingeschlagen eben. Warum?
Ich hatte mich eingeschlossen. Um an mich heranzukommen, muss man die Scheibe einschlagen.

Sorry, diese logische Folge hatte ich leider vergessen.

Irgendwann war die Scheibe notdürftig repariert. Manchmal kam ich in Erklärungsnöte. Zum Beispiel gegenüber Freunden. Dabei wird man richtig erfinderisch und auch kreativ, kann ich euch sagen.

Die Tage vergehen, die Wochen auch irgendwie.

Da kam er plötzlich. Ein Retter in der Not? Nein, nicht wirklich. Ein Ja - Sager. Aber meine große Liebe.

Es läuft lange mit uns. Wow, so jung und schon so eine lange Beziehung. Aber hey, irgendwer muss mich doch retten, oder?

Nein, alles Utopie. Unverständnis. Mein erstes Mal hatte ich mit ihm. Ich war eine der letzten unter meinen

Freundinnen. Ja, was soll ich sagen? Es war ähnlich wie beim ersten Kuss.

Ich hatte mehr erwartet. Die Zeit vergeht, das mit uns auch.Da ist auf einmal ein guter Kumpel von ihm, er ist schon sehr viel älter als ich und wohnt weit weg, aber hey, probieren kann man es doch. Irgendwie ging es dann doch nicht lange mit uns. Ich bin fremdgegangen, habe gleich gebeichtet. Wir trennten uns irgendwann.

Irgendwie ist das alles nicht so meine Art. Vor allem das mit den Bettgeschichten. Aber irgendwoher Anerkennung?Los, her damit!

Ich war also nicht lesbisch, wusste ich. Aber was war ich dann?

Es war der 11.09.2001. Ein historisches Datum, aber auch ein persönliches. Die beiden streiten, unendlich... wie immer, dachte ich erst. Aber nein, es war schlimmer, anders.

Ich geh erst mal nach den Kleinen schauen. Vielleicht kann ich ja vermitteln.

Ich wusste mir nicht zu helfen, nahm ein Messer, bedrohte ihn damit.

Die Gefahr war vorüber, er ging. Flucht zu meinem Bruderherz. Wo mein Vater war, wusste ich nicht. Meine Mutter auch nicht. Irgendwann wurde auf der Straße erzählt: „Zur Entziehungskur!"

Ehrlich? Wow, vielleicht ein erster Anfang.

Die zehnte Klasse kam schneller, als ich rechnen konnte. Jahreszeugnis des Gymnasiums, Klasse 9 c, Beurteilung: „ Durch ein kritisches Überdenken ihres Auftretens und ihrer Lernhaltung wäre für sie eine Leistungsverbesserung im kommenden Schuljahr möglich. Sie verfügt nämlich über eine gute Auffassungsgabe, kann zügig und selbstständig arbeiten und urteilen."

Danke fürs Kompliment. Aber mal ehrlich: eine Erziehungsberechtigte muss ja auch schnell Handeln und Urteilen.

Ist doch klar, oder?

Na los, strengen wir uns jetzt richtig an! Moment, mein Auge zuckt schon wieder. Jetzt ist's wieder gut.

„Es besteht die Möglichkeit, dass ihr mit euren Eltern zwecks eurer Leistungskurswahl in die Schule kommt."

Das nehme ich auf alle Fälle wahr. Mutter geschnappt und los geht's.

„Deine Leistungen sind immer wellenförmig, das haben auch die anderen Lehrer bestätigt.

„Bleib am Ball." Nach einem warum wird nicht gefragt. Warum auch?

Manchmal dachte ich, man will es einfach nicht sehen. „Eh, hat die was ausgefressen oder was? Wieso geht die denn mit ihrer Mutter in die Schule? Ich hab die gestern Nachmittag gesehen." „Halt die Fresse, Du Arsch und steck Dir Deine Sensationsgeilheit sonst wohin." Ich bin gerade dabei, darauf aufmerksam zu machen, dass mir Erziehung und Karriere ein wenig zuviel wird. Aber stimmt schon, mit 15 muss das gehen. Sorry, auch diese logische Folge hatte ich schon wieder vergessen.

Also ran an den Speck, es wird ernst! Lernen, lernen, lernen.

Könnt ihr nicht wenigstens einmal leiser streiten, damit ich lernen kann? Ich kann die Musik nicht noch lauter machen, die Nachbarn könnten sich doch beschweren!

Die Bücherei wird mein bester Freund oder so ähnlich. Irgendwann war mein Beitrag noch offen. Keine Ahnung, warum, aber unsere damalige Nachbarin hat es bezahlt. Ich weiß bis heute nicht, warum sie das überhaupt wusste mit dem Beitrag. Aber danke. Die Schlaflosigkeit beginnt. Scheiße, ich muss doch aber in die Schule. Ok, ich gehe zum Arzt. Der muss ja wissen, was los ist. Keine Diagnose, nichts. Nur ein Krankenschein.

Ok, der Schlaftee wird es schon richten.

Die 11. Klasse naht. Eigentlich sagt mein Herz: „Kunstleistungskurs."

Aber da gibt es eine Regelung. Wenn man das naturwissenschaftliche Profil von Klasse 7 bis Klasse 10 besucht hat, muss man für den Kunstleistungskurs eine Aufnahmeprüfung machen. Daran scheitere ich. Nein, ich habe es nicht einmal probiert, weil ich davon ausgegangen bin zu Scheitern.
Schade.
Ich wähle englisch und deutsch. Das ist machbar. Die Wochen und Monate vergehen. Alles ist gut.

Der erste Urlaub mit den Kumpels in den Sommerferien 2004 steht an. Gut, zwei Wochen Ungarn. Besser kann's doch nicht sein. Rauchen, Saufen und Sex.

Scheiße, da stimmt was nicht bei mir, die Bettgeschichten schon wieder. Naja, ich bin ja noch jung.

Dann kommt bald die 12. Gleich zu Beginn ist erst einmal die Kursfahrt angesagt. Die Schlaflosigkeit hat schon längst wieder begonnen. Der Tee hilft schon lange nicht mehr.

Oh nein, die Kursfahrt nach Italien ist schon vom Opa bezahlt. Reiserücktrittversicherung ?Da wird bestimmt nicht viel erstattet werden. Ich muss mit.

„Schwesterherz, ich weiß, dass es dir nicht gut geht. Aber schreib mir SMS. Ich bin für dich da!"

Danke dir, nur leider der Rest der Welt nicht. Auch nicht ansatzweise.

Nur Kulumchen ist da und passt auf mich auf. Ich war kein Mensch, ließ mich gehen. Hatte ja schon länger kein Auge mehr zugemacht.

„Los, Mausi. Geh mal duschen. Ist besser."
Der Strand in Italien. Wow. Abends schön dort chillen. Zwei Flaschen Wein sind hart, ich dann auch irgendwann. Ich hoffte einfach, endlich wieder schlafen zu können.Doch, bestimmt ab Morgen ist alles besser. Aber auch diese Nacht und die folgenden Nächte schlief ich nicht.

Schnell ins Hotel, ich wankte die Treppe hoch zum Zimmer.
Dann meinte Lehrerin Nr. 1: „ Och ja, dir geht's ja sooooo schlecht! Das merken wir alle."
Gelächter.

Lehrer Nr. 2 war noch kreativer, er meinte irgendwann irgendwas wie: „Das ist ja Selbstsanktion. Warum macht sie das?"

Hallo?

Leute, ich war ganz schön fertig. Aber anscheinend war das alles unheimlich lustig für alle anderen.

Na gut, es ist ja tatsächlich lustig jemanden am Boden zu sehen, aber dann auch noch einmal rein zu treten, finde ich, ehrlich gesagt, ein bisschen zu heftig.

So eine Simulantin. Was will die nur damit bezwecken?

Plötzlich plagen Lehrerin Nr. 3 Gewissensbisse oder so was. „Wir haben Angst, dass du dir das Leben nimmst!"
Wenn sie das Gesagte wirklich ernst gemeint hätte, hätte sie doch gehandelt, oder? Ich mein, es gibt doch auch in Italien Ärzte oder? Und englisch konnte man doch reden. Also an vermeintlichen Verständigungsproblemen kann es nicht gelegen haben. Ehrlich, ich weiß

bis heute nicht wie das alles abgelaufen ist. Habe einfach vieles verdrängt. Einfach so. Selbstschutz.

Irgendwann hatte ich dann Mutmaßungen wie „Die wurde bestimmt vergewaltigt" oder „Vielleicht ist sie einfach nur alkoholabhängig". „Nein, ich denke, sie nimmt chemische Drogen."

Klasse, wie viele Menschen mit 17 schon Psychologie und Medizin studiert haben. Ihr habt meine Anerkennung.

Irgendwann kommt die Rückfahrt. SMS an den Vater „Wir sind bald da. Nein, brauchst mich nicht abholen. Ich wusste nicht, was ich wollte, aber

nach Hause wollte ich nicht, das
wusste ich.

Einer Freundin wird es auferlegt,
mich nach Hause zu bringen.
 Ich wollte nicht. „Los, du kommst
jetzt mit! Wir fahren dich heim."

Tränen.
Sie, ich nicht.

Habt ihr ein schlechtes Gewissen? Ich
gönn´s euch!
Zu Hause angekommen.

Ich leg mich ins Bett, will doch
einfach nur schlafen, mehr nicht. Das
muss doch gehen. Aber es geht
einfach nicht.

„Wechseln Sie sofort die Batterie oder stellen Sie auf externe Stromversorgung um, um Datenverlust zu vermeiden."

Plötzlich stehen meine Schwester und mein Schwager im Zimmer. Ich dachte erst, ich träume. Ich mein, die haben seit Jahren keinen Kontakt zu meinen Eltern und plötzlich stehen sie in meinem Zimmer. Viele Tränen, keiner weiß, was los ist. Ich natürlich am allerwenigsten.

Ich darf zu ihnen nach Hause. Schön entspannend in der Wanne schwimmen. Dann das autogene Training. Aber nein, es klappt nicht. Ich schlafe einfach nicht.

Klinik.

Mein Schwesterherz fährt natürlich gleich in die Schule. „Ist was vorgefallen? Sagen Sie es mir, bitte!

Es muss auch mit der Kursfahrt zusammenhängen!"

„Nein, wir haben uns auch alle gefragt, was los ist. Wir haben keine Erklärung."

Aber hoffentlich ein schlechtes Gewissen.

Nach dem Scheitern am Gym mache ich eine Ausbildung zur Rechtsanwaltsfachangestellten. Wow.

Zu Beginn war ich einfach nur Falschgeld in der Kanzlei. Klar, es war ja alles neu für mich. Ich gab 150 %. Wollte ja keine Niederlage erleben.

Ich hatte Angst vor dieser Herausforderung. Aber ich wollte das.

Kabale, der Lehrling aus dem dritten Lehrjahr kann alles. Wow. Vor allem gut schauspielern. Sie hatte von Anfang an meine Anerkennung. Ich merkte einfach nicht, wie sie ständig versuchte, mich auszuspielen.

Nein, ich wollte es einfach nicht merken. Auch nicht, als Schwesterherz mich zum wiederholten Male darauf hinwies. Und das schlimmste ist eigentlich, dass ich ihr Vertrauen geschenkt habe.

„Kommen Sie bitte in mein Büro. Uns ist aufgefallen, dass Sie oft nicht bei der Sache sind. Irgendwie so neben sich."
Der Schock. Alles erzählen? Ich nehme ja noch Medikamente wegen damals. Aber jetzt hier meiner Chefin

alles erzählen? Dabei wollte ich doch meine Krankheit nicht mitschleppen. Schon gar nicht vor irgendein Loch schieben. Tränen. Beichte.

„Ok, mein Mann wird noch einmal mit Ihnen reden. Aber bitte heulen Sie dann nicht."

„Die Blume dort braucht nicht gegossen zu werden. Bleiben Sie bitte gleich da. Meine Frau hat mit mir gesprochen. Es ist gut, dass Sie uns alles erzählt haben. Wir hätten Sie sicher sonst gekündigt."

Ein Schock und Teufelskreis. Tausend Gedanken und Tränen.

Jetzt selber kündigen? Quatsch, Augen zu und durch. Du schaffst das!

„Am 02.05.2007 wird eine neue Kanzlei in Nirgendwo eröffnet. Für Sie ändert sich überhaupt nichts. Sie bleiben nach wie vor in dieser Kanzlei hier, sind selten in Nirgendwo eingesetzt.

Ok, ich war oft in Nirgendwo. Nichts, Stille, Alleinsein. Nicht immer, aber oft.Klar, ich habe sehr viele Schulaufgaben gelöst, aber praktische Arbeiten? Irgendwann durfte ich Dicktatbänder mit dorthin nehmen, aber meist war ab Mittag nichts mehr zu tun.

Das Gefühl, dass ich nicht gebraucht werde, zerfraß mich fast.

Mrs. Powerfrau kommt aus dem Babyjahr zurück. Ich hatte total

Respekt und übersteigerte Angst vor ihr. Kabale erzählte ja schon von ihr.

Mrs. Powerfrau war total anders als beschrieben. Wir haben viel gelacht. Die Wellenlänge stimmt einfach.

Ich wurde wieder öfter in der alten Kanzlei eingesetzt, zum Glück. Musste ja noch viel lernen.

Sie bildet mich aus, weiß soviel. Ich bin glücklich. Die Wochen vergehen und plötzlich stand die Zwischenprüfung vor der Tür. Scheiße, eine Prüfung. Oh nein die Angst vorm Versagen verstärkte sich immer mehr.

Mrs. Powerfrau checkts gleich:„ Sie haben dolle abgenommen. Machen

Sie sich nicht so fertig. Es ist 'ne Prüfung. Es geht nicht mal ums Bestehen. Nein, nur um Noten."

Der Tag war schnell da. Die Prüfungen liefen wie erwartet gut. Ich war richtig stolz. Alles Verrückt machen umsonst. Die Tage gehen ins Land, die Wochen auch.

Irgendein Tag in der Berufsschule. Ich hatte kaum geschlafen, lag mit dem Kopf auf dem Tisch. Mein Klassenlehrer fragte mich, was denn los sei. Ich teilte ihm mit, dass ich nicht gut geschlafen hatte.
„Los, Stehen Sie auf, erst auf das eine Bein stellen, dann auf das andere. Das regt den Kreislauf an."

Gelächter. Ich weiß nicht, warum ich mich kurz entmündigen ließ, aber irgendwie wollte ich nur meine Ruhe.

Beiläufig erzähle ich Mrs. Powerfrau etliche Tage später davon. Sie war schockiert. Gang zum Chef. Telefonat mit der Schule. Ihr könnt euch sicher vorstellen, dass ich ganz schön Angst vor dem nächsten Schultag hatte.

Er kommt ins Klassenzimmer, wutentbrannt. Stellt mich vor der ganzen Klasse bloß.

In der Pause folgt ein Gespräch mit der Fachleiterin, ihm und mir. Das Resultat war, dass ich mir wohl alles eingebildet hatte. Das war ja alles nicht so gemeint.

Ja nee, ist klar.

Beim Frühstück in der Kanzlei lese ich einen interessanten Artikel in der Tageszeitung. „Wenn Sie jemanden überraschen wollen oder einfach einmal ‚Danke' Sagen wollen, schreiben Sie uns! Zu gewinnen gib's einen prall gefüllten Frühstückskorb und natürlich einen Artikel in unserer Zeitung."

Ich habe die Idee des Jahres, das ist meine Chance. Heimlich schleuse ich die Zeitung aus der Kanzlei.

Das ist meine Chance, endlich einmal Danke zu sagen für all die Unterstützung während der Ausbildung, denn soviel Verständnis und Geduld für mich aufzubringen, war schließlich nicht normal. Das meine ich ernst.

Zu Hause schreibe ich gleich eine Mail dahin.

Ehrlich gesagt habe ich nicht im geringsten an einen Erfolg geglaubt. Da kam wieder die Utopie ins Spiel. Mrs. Powerfrau habe ich es erzählt, sie hielt es auch eher für unwahrscheinlich.

Und es geht doch:„Ist ja toll, dass ich Sie gleich am Apparat habe. Sie haben gewonnen. Herzlichen Glückwunsch!"

„Wie bitte? Nein, glaub ich nicht. Wirklich? Termin? Ja Moment, das muss ich erst absprechen! Geben Sie mir Ihre Nummer.Ich ruf Sie gleich zurück!"

Böser Blick. „Was war denn das?" „Wahnsinn...ich habe...Sie wissen doch..letzte Woche die Mail...."

Feierlaune. Meine Anerkennung. Schnell den Termin vereinbart. Man, die Vorfreude war echt groß. Ich konnte den Tag kaum erwarten.

Dann war er da, der Tag.

Aber Kabale nicht. „Ich ruf sie an. Sie müsste doch schon längst da sein.....Mailbox. „Hallo ähhhhh, komm schnell." Ich glaube, zu mehr Worten hat es nicht gereicht. Der Reporter stand ja gerade vor mir.

Mein Herz klopfte wie wild. Ich war so aufgeregt.

Kurzes Interview. Schicke Fotos werden gemacht. Ich bin einfach nur glücklich. Mittendrin kreuzt Kabale auf und macht ihren Namen alle Ehre. Sie heißt ja nicht umsonst so.

Ihr hättet mal ihre Haare sehen sollen. Wow.

Gestylt wie frisch vom Friseur. Ich war kurz neidisch.

„Guten morgen, entschuldigen Sie, ich habe verschlafen."

Ja nee. Ist schon klar und ich zieh mir meine Hosen immer mit dem Bagger an. Nun gut, nochmal Fotos. Alle sind

genervt. Ist ja auch alles ein wenig peinlich insgesamt, vor allem für die Kanzlei.Das Schärfste von Kabale fand ich eigentlich, dass sie vor versammelter Mannschaft ihre Mailbox checkte und natürlich gar nichts drauf fand. Oh, ich wiederhole mich. Ich sagte ja schon, dass sie ein echtes Schauspieltalent ist. Am nächsten Tag stand Mrs. Powerfrau vor mir und zeigte auf die Tageszeitung. „Schnell, gucken Sie, wir sind in der Zeitung. Und vor allem mit welchem Bild.... und der Artikel erst."
Ich traute meinen Augen kaum. Es wurde tatsächlich das Foto ohne Kabale abgedruckt. Wer zuletzt lacht....

Mein Erfolg. Danke!

Die Zeit verging rasend schnell, irgendwann im Oktober wurde ich dann zum Gespräch ins Büro gebeten. Beine zittern, Stimmverlust, Angst.

„Die Kanzlei trennt sich zum Ende des Jahres."

Ich war fertig. Hatte Angst vor der neuen Herausforderung. Aber vielleicht ist es ja auch eine Chance. Eine Chance, nach der Ausbildung übernommen zu werden. Weihnachten war dann schneller da als erwartet. Alte Kanzlei ausräumen, die neue einräumen. Ich war total aufgeregt, was alles auf mich zukommt.

Irgendwann sagte meine Chefin zu mir, ich wolle immer die Welt verbessern. Damals wusste ich nicht wirklich, was sie mir damit sagen wollte. Heute schon. Die kommenden Monate waren sehr stressig. Ich opferte mich auf, ich tat es gern. Mrs. Powerfrau machte einen neuen Job, aber wir hielten Kontakt.

Dann nahte schon die Abschlussprüfung. Aber dieses Mal ging es ja ums Eingemachte. Es ging nicht nur um Noten, nein. Es ging ums Bestehen.

„Ich brauch mindestens drei Wochen Urlaub. Sonst schaffe ich es nicht, den ganzen Stoff zu lernen."

„Ok, ich stelle jemanden ein."

Gesagt, getan.

„Sie ist krank geworden. Könnten Sie vielleicht?" Ich erinnerte mich gleich an Mrs. Powerfraus Worte. „Nein, Sie gehen nicht arbeiten. Das ist Ihre Prüfung. Die schreibt niemand anderes für Sie."

Ich wusste, dass sie Recht hatte, aber ich ging trotzdem arbeiten.

Dann meine Rettung: Jemand anderes wird eingestellt.

Ich konnte mich wieder aufs Lernen konzentrieren. Ich hab richtig gepaukt, Leute. Von früh bis spät, manchmal bis nachts. Die Angst war viel zu groß, wieder zu Versagen.

Wisst Ihr, es ist ein Scheiß Gefühl, wenn man eigentlich alles weiß und irgendwie doch nicht.

Die Prüfung kam. Ich war kein Mensch mehr. Mrs. Powerfrau machte mir immer wieder Mut. Danke. Dann das ganz verrückte: Ich saß in den Prüfungen und war total relaxt. Hatte ein richtig gutes Gefühl. Utopie muss ja auch mal aussterben.

Die Prüfungsergebnisse werden bekannt gegeben. Oh nein, mein Herz liegt irgendwo. Hatte das Gefühl, dass es gar nicht mehr klopft. Ich hielt die Luft an. Bitte..... UTOPIE darf einfach nicht mehr überleben.

Geschafft. Ich glaub es nicht. Geschafft? Da muss doch was faul sein. Haben die sich verrechnet? Oder die Namen vertauscht? Kommt der Hammer später? Die mündliche Prüfung muss ja auch noch absolviert werden.

Ich war richtig glücklich.
Dann aber gleich wieder Szenarien.
„Klar übernehme ich Sie. Wir müssen sehen wegen der Bezahlung....Ich habe ja schon jemanden anderes eingestellt."

Ich traute mich schlichtweg nicht, nach einem Vertrag zu fragen. Das normalste auf der Welt eigentlich.

Das sage ich heute. Aber damals? Es ging nicht. Zuviel Naivität war im Spiel. Und der Glaube an das Gute im Menschen.

Also los, Bewerbungen schreiben. Die Ungewissheit ist viel zu groß. Existenzängste machen sich breit.

Wow, eine Einladung zum Vorstellungsgespräch. Ich war kein Mensch. Schon zwei Stunden eher war ich dort. Zum Glück hab ich den Park entdeckt. Schön die Seele baumeln lassen, entspannen.

Dann ging ich rein. Ich hatte totale Angst. Erst einmal musste ich einen Kreuztest machen. Darauf war ich nicht vorbereitet, aber es war ok. Dann folgte das Gespräch. Diese Fragen....„Warum bleiben Sie denn nicht bei Ihrem Chef, wenn Sie schon über drei Monate die Kanzlei allein geschmissen haben? Warum stellt er Sie nicht ein?"

Ich hatte keine plausiblen Antworten. Konnte ja nicht einfach erzählen, dass es für mich keine Förderung vom Amt gibt, sodass er mich nicht einstellen konnte.

Ich habe wirklich irgendwelchen Mist erzählt. Das war mir alles nichts, ich wollte eigentlich nur noch raus dort.

„Haben Sie noch ein paar Minuten? Sie könnten sich ein wenig mit dem Programm vertraut machen und ein Band schreiben."

Eigentlich wollte ich es nicht. Aber probieren kann ich es ja.. Aus den Minuten wurden viele Stunden. Ich verstand die Stimme auf dem Band nicht, musste tausendmal zurückspulen. Ich glaube, ich bin nach

fünf oder sechs Stunden gegangen.
„Ja.Ich melde mich wegen des Probearbeitens. Muss meine mündliche Prüfung erst einmal absolvieren."

Die Tür fiel noch nicht einmal ins Schloss und da waren sie wieder. Meine Tränen. Ich war verwirrt, wusste eigentlich gar nicht mehr, was ich denken und fühlen sollte.
„Danke Schwesterherz, ja ich komm zu euch. Bis gleich am Zug."

Ich sitze im Zug, versuche mich zu entspannen. Geht aber nicht. Alles Scheiße irgendwie.

Dann noch das: Eine Bekannte vom Gym damals. Ich mag sie, aber nein. Ich will jetzt nicht reden, schon gar nicht über mich. Kurzes Gespräch, Fragen über Fragen.

„Aber warum gehst du denn zu einem Vorstellungsgespräch, wenn dein Chef dich übernimmt?Hä?"

Ihr Handy klingelt, wir sind an der Station, wo ich raus muss. Bloß gut, meine Rettung. Kussi. Ciao.

„Danke Schwesterherz, alles Scheiße!"

Ich war in mir gefangen. Alles war ungewiss, das Arbeitsamt ging mir auf die Nerven.

Die mündliche Prüfung kam, ich war kein Mensch. Aber mehr Mensch als

bei den schriftlichen Prüfungen.
„Mädels, wir schaffen das!"

Viele Fragen, viele Antworten. Ich wusste, dass wir alle bestehen würden.Ich wurde in der Prüfung sogar gleichgültig, innerlich. Vielleicht nicht nach Außen.
„Herzlichen Glückwunsch, Sie haben mit 76 Punkten bestanden!"

Cool, das ist das Geburtsjahr meines Bruders. Also die Note drei. Ich war echt stolz. Richtig sogar. Ich hatte die Utopie erstickt.

Das Telefon stand nicht mehr still. Gleich zum Schwesterherz fahren. Jipie.

Eine Flasche Sekt? Los, her damit! Das war 11 Uhr. 11.05 Uhr war die Flasche halbleer.

„Ich habe bestanden. Das hätte ich nie gedacht."

„Glückwunsch, das hab ich immer gewusst. Nur Sie nicht! Kommen Sie morgen früh ins Büro?"
Wow, ich sollte ins Büro kommen. Wartete da doch irgendwo ein Vertrag auf mich? Die Anspannung war groß.

Nein, kein Vertrag, leider.

Zum Glück. Große Enttäuschung meinerseits. Aber berechtigt? Bin ich denn nicht selber schuld?

Schlaflosigkeit, Unsicherheit, Existenzängste, Scheiß Medikamente.

Ich geh zum Hausarzt. Unter Tränen sage ich, dass ich möchte, dass mir endlich mal geholfen wird. Ständig die Medikamentenliste hoch und runter, viele Nebenwirkungen. Zuletzt hab ich ja noch eins genommen, um die Nebenwirkungen vom ersten zu bekämpfen. Das kann es doch alles nicht sein.
Ursachenbekämpfung?
Fehlanzeige !!! aber das erwähnte ich bereits.

Ich weiß bis heute ja nicht, was ich hab. Stationärer Aufenthalt auf eigenen Wunsch. Eine Medikamentenumstellung auf was

Homöopathisches. Meine Chance. Mein Wunsch.

Klinik. Es war langweilig, rauchen, essen, Hometrainer fahren, lesen, telefonieren.....

Scheiße, hier bist du irgendwie fehl am Platz.

„Was hab ich denn nun eigentlich?"

„Ich möchte mich nicht festlegen. Vielleicht eine milde Schizophrenie."

Das ist natürlich die Antwort, die ich hätte erwarten müssen. Utopie machte sich schon wieder breit.

„Ich habe hier ein Buch für Sie. Lesen Sie mal rein!" Ich lese den Titel.....irgendwas mit „Mit Schizophrenie umgehen". Da steigere ich mich nur sinnlos rein. Wenn ich das Buch gelesen habe, habe ich alle aufgeführten Symptome.Ja, das passt ins Schema, ich weiß.„ Ich habe das Buch in meinen Schrank gelegt und nicht angerührt. Aber etwas Positives hatte das ganze natürlich auch. Das Diagnosenbingo kam vorerst zum Stillstand. Wenigstens ein Erfolg. Manch nette Gespräche mit den Patienten folgten. Ich habe die Medikamente gut vertragen. Ich will nach Hause.

Jupp, da ist noch was, was ich nicht verstehe. Meine Brüste werden immer größer. Bin ich etwa schwanger?Oh je, Apotheke. Testergebnis: negativ. Ich war nicht schwanger. Zum Glück oder so. Ein letztes Gespräch mit einem sehr guten Arzt. Ich schildere mein „Problem" mit meinen Brüsten (eigentlich war es ja schön). Blutziehen, Prolaktinspiegel wird getestet. Der Befund wird meinem Hausarzt nachgereicht. Ok, Dankeschön.

Nach Hause. Endlich.
Erster Gang gleich zum Hausarzt. „Ja, und wegen meines Prolaktinspiegels. Da stimmt was nicht. Die schicken den Befund nach."

„Ihr Prolaktinspiegel? Nicht, dass Sie keine Kinder mehr bekommen können...Unter Umständen...."

Bitte was? Wie? Ich? Keine Kinder?
Tränen und Verzweiflung.

Ich liebe Kinder. Bei diesem Thema habe ich Utopie immer ausgeschlossen. Bin ja schließlich eine Frau.
Ich besuche eine Freundin. Muss reden. Tut ja gut, wenn jemand zuhört. Vielleicht weiß sie da was. Oder nimmt mich nur kurz in den Arm.
Stopp! Schraube jetzt ganz schnell deine Erwartungen runter, sonst wird es gleich noch schlimmer. Zu spät.

Von meinem Klinikaufenthalt habe ich gar nichts erwähnt, reiner Selbstschutz.

Nach einem kurzen Gespräch komme ich zum Thema. Schildere die Situation, dass da was mit meinem Prolaktinspiegel nicht stimmt. Der Befund kommt noch, aber mein Hausarzt meinte, ich könnte vielleicht keine Kinder mehr bekommen.

Ich muss mich sogar festhalten, wenn ich es schreibe, so sehr tut der „Ratschlag" heut noch weh.

„Naja, ihr könnt euch ja ein Negerkind adoptieren!"
Das saß, soviel Verständnis, Einfühlungsvermögen und Respekt auf einmal war ich dann doch nicht gewöhnt.

Vielen Dank.

Und Tschüß!

Ich ging so schnell wie nur möglich nach Hause, um meinen Tränen freien Lauf zu lassen.

Ich fuhr zu meinem Schwesterherz. Wir haben einen Schlachtplan erstellt.

Wir haben alle Möglichkeiten aufgelistet, die ich in Angriff nehmen könnte. Es gab die Möglichkeit, das Abitur nachzuholen, sogar in meiner Stadt. Ein Fachabitur Richtung Wirtschaft und Verwaltung.

Die Voraussetzungen erfüllte ich. Aber die Anmeldefrist war leider seit vier Monaten verstrichen.

„Probiere es doch wenigstens! Du hast schließlich nichts zu verlieren."
Danke, Schwesterherz.

Und tatsächlich, es klappte, weil ich mich traute. Die zweite Chance, meine zweite Chance. Neue Schule, neue Klasse, neues Leben. Die Wochen vergingen rasend schnell.

„Es besteht ein Kinderwunsch. Gibt es ein Medikament, was ich trotz Schwangerschaft dauerhaft nehmen kann?"
Natürlich nicht, das wusste ich.

Ich hatte die ewigen Nebenwirkungen wirklich satt. Die haben einen teilweise so beeinträchtigt, dass gar nichts mehr ging. Ich wollte es wenigstens versuchen. Ich habe das

Medikament langsam unter Anweisung ausgeglichen. Klar hatte ich Angst. Aber man muss eben erst probieren, um urteilen zu können. Die Schule wurde anstrengender, vor Weihnachten hatte ich einen kleinen Tiefpunkt. Vielleicht lag es auch an Weihnachten.

Rettung nahte schließlich. Am 26.12. ging es los. Endlich Urlaub machen. Zwei Pärchen, die sich gut verstehen, fahren zusammen in den Skiurlaub. Aber Utopie findet leider auch den Weg nach Tschechien.

Es folgten Missverständnisse, allgemeine Unstimmigkeiten. Viele Gespräche über Gott und die Welt wurden gesprochen.

Geklärt wurde aber kein einziges vermeintliches Problem. Ich hatte echt genug davon und wollte einfach nur nach Hause.

Zu Hause angekommen, machte ich eine Entdeckung, die mein Leben veränderte.Eine Einladung zum Assessment - Center. Das ist genau das, was ich wollte. Eine neue Ausbildung in einem tollen Unternehmen, gute Chancen auf dem Arbeitsmarkt. Der Tag rückte näher. Es lief klasse. Ich war überglücklich. Utopie klopfte an, aber ich habe einfach nicht aufgemacht. Geht auch irgendwie. Die Einladung zum Probearbeiten kam bald. Ich freute mich sehr.

Klar war ich aufgeregt, aber dieses Mal war es anders. Ganz anders. Ich weiß, was ich kann und ich weiß, was ich will. „Herzlichen Glückwunsch! Ab August sind Sie eingestellt!"

Ich bin der glücklichste Mensch auf der Welt, ehrlich! Es war ein unbeschreibliches Gefühl, zu wissen, dass man alles richtig gemacht hat.

Heute kam der Vertrag. Ich habe etwa zwei Stunden die Welt nicht mehr verstanden. Solche Freudentränen hatte ich noch nie. Aber wo ist Utopie, wird man sich jetzt vielleicht fragen? Sie ist weg. Einfach so.

Ich denke, sie hat gesehen, dass sie ihre Arbeit bei mir getan hat. In all den vergangenen Jahren wandelte ich

von Selbstzweifeln, Verzweiflungen und all das, was dazugehört.
Aber hey, das, was ich jetzt schreibe, ist für euch Utopie. Wir schreiben Sommer 2004. Kurz vor meiner Eskalation. Da ist ein Junge. Er ist gerade 17, ich schon fast 18. Wir lernen uns kennen. Er ist sehr nett, charmant und unheimlich humorvoll.

Aber er weiß das nicht von sich. Ich dachte mir damals bloß: „Jetzt musst du einen kühlen Kopf bewahren. Los, teste erst einmal die Grenzen."
„Klar kannst bei mir schlafen, kein Problem!"
Die erste Hürde ist geschafft. Er möchte, dass ich bei ihm schlafe. Wir werden miteinander schlafen und alles ist so wie immer. Die Bettgeschichten eben. Aber ich glaubte es nicht, ich

glaubte es einfach nicht. Er lag neben mir und schlief. Ja, er schlief wirklich. Tief und fest. Er hat nicht mal ansatzweise versucht, mich rumzukriegen. Gar nicht eben.

Ich verstand die Welt nicht mehr.

Am nächsten Morgen machte ich mich schnell auf meinem Nachhauseweg. Zu Hause angekommen machte ich mich schnell auf die Suche nach Utopie. Ich konnte sie nicht finden, hab wirklich überall gesucht. Ich war total verwirrt! Wie kann das sein, dass er nicht...? Ist er vielleicht schwul? Nein, das ergibt keinen Sinn.

Am 04.09.2004 traute ich mich (natürlich nur im betrunkenen

Zustand) ihn auf einer Feierlichkeit anzusprechen. „Du ähhh...also ich...ich muss....irgendwie bei mir..."

Er lächelte. „Ich weiß, was du meinst, bei mir auch."
Unser erster Kuss.
Dann fing das ganze Prozedere an. Ihr wisst schon, Klinik und so. Man glaubt es kaum, aber dieser Mensch hielt zu mir, er stand sogar zu mir. Er liebte mich sogar.

Ich glaube, es grenzt an ein Wunder. Manchmal verstehe ich heute nicht einmal, warum er so ist, wie er ist.

Wir hatten gleich zu Beginn unserer Beziehung soviel Mist durch wie manche in dreißig Jahren Ehe nicht. Aber die Liebe war stärker als die

Utopie. Bis Frühling 2007. Telefonat mit ihm, er ist ja auf Montage. „Hasimann, Scheiße. Ich weiß nicht...Ich glaub, ich hab mich in jemand anderes verliebt..."

Schock, er setzt kurzer Hand seinen Job aufs Spiel und kommt nach Hause. Nächtelange Gespräche. Ich wusste selber nicht, was los war.

Auf meiner ewigen Suche nach mir und der Perfektion sah ich selber nicht, dass ich schon alles gefunden hatte. Ich war blind. Hasimann, verzeih mir irgendwann!!! Wir fingen uns wieder, genossen die Zeit miteinander.Ich weiß, was ich an ihm habe. Es ist schön.

Doch anscheinend musste Utopie wieder was mitbekommen haben. Sie klopfte wieder an meiner Tür, genau ein Jahr später. Das gleiche Spiel von vorn, aber schlimmer und ernster. Ich habe Kleinigkeiten zum Anlass genommen. Trennte mich.Einfach so. Sehr viele Tränen, Bettgeschichten, Auszug meinerseits.

Utopie feierte ihren Sieg sehr ausgiebig.

Man spricht miteinander. Ich traute mich eigentlich nicht, aber ich mache es trotzdem:„Alles ein Fehler....Ich weiß nicht....Scheiße.Ich liebe dich."

Viele Gespräche. Natürlich braucht er Zeit. Logisch. Im Sommer kam aber das unglaubliche. „Klar, ich brauche

Zeit, aber ich liebe dich nun mal.
Wahrscheinlich bin ich ein elender
Dummkopf.Alle haben mich gewarnt.
Aber nein, wir gehören zusammen!!!"
Wir sind glücklich. Bis heute.Es
grenzt alles an ein Wunder. Dieser
Mensch gibt mir soviel Kraft. Er
schenkt mir bedingungslose Liebe. Er
ist immer da, auch, wenn er
manchmal soweit weg ist. Manchmal
denke ich ernsthaft, dass er nicht von
diesem Planet ist.

Ich mein, er findet mich nach dem
Aufstehen sehr hübsch. Ja,
ungeschminkt findet er mich toll. Und
er findet sogar meine Füße schön.

„Sie hat ihn nicht verdient!"
„Er hat sie nicht verdient!"
„Er unterbuttert sie!"

„Sie nutzt ihn aus!" Fuck you. Euer Neid ist unsere Anerkennung!!!

Meine hier subjektiv dargestellte Geschichte stellt keine Anklage dar. Sie ist auch keine Rechtfertigung.

Ich habe damit zum ersten Mal mein Leben verarbeitet. Auf meine Art und Weise.

Ich suchte solange nach mir selber. Ich bin endlich fündig geworden. Ich bezweifelte nie irgendetwas. Nicht die Kompetenz von Ärzten, auch nicht die der Lehrer.

Das, was ich bezweifelte war schlicht und ergreifend meine eigene Persönlichkeit. Ich suchte nach

Erklärungen.Doch alles ist eigentlich so einfach. Ich schenkte immer Vertrauen, jedem eigentlich und auch wieder nicht. Ich selber gab immer 150 %. Das erwartete ich von allen anderen auch. Mein Streben nach Perfektion hätte mich beinahe kaputt gemacht. Heute bin ich dankbar für alle Geschehnisse. Ich mache niemanden Vorwürfe, im Gegenteil. Nur wegen der Geschehnisse bin ich heute so, wie ich bin.
Ich habe auch wieder Kontakt zu meinen Eltern. Klar, keine richtige Eltern-Kind-Beziehung. Aber das will ich auch nicht. Vergeben werde ich nie. Es gab natürlich nicht nur Negatives, damals zu Hause, aber eben das überwog eindeutig. Mit Sicherheit hätte man alles viel

leichter haben können. Aber vielleicht wäre das alles zu langweilig gewesen.
„Nichts passiert umsonst! Alles hat einen Sinn!"
Danke, Schwesterherz. Heute verstehe ich deine Weisheit wirklich!!!

Und Bruderherz: Du bedeutest mir mehr als du wahrscheinlich glaubst. Ich vermisse dich jeden Tag mehr. Du bist weggezogen wegen der Arbeit. Erst konnte ich dich gar nicht verstehen. Du lässt uns einfach allein hier.

Aber klar, auch du suchtest nach einem neuen Leben. Ich hab dich lieb!!!

„Es gibt ungefähr eine handvoll echte Freunde!" Schwesterherz, ehrlich gesagt habe ich dir das nie geglaubt. Aber du hast Recht. Heute weiß ich es.

Kulumchen, mir fehlen die Worte. Du bist eine echte Freundin, das wusste ich schon immer. Ich bin sehr dankbar, dich kennen gelernt zu haben.

Mir wird bewusst, dass ich mich nicht ständig durch andere aufwerten lassen kann. Meine Suche nach Anerkennung ist beendet.

Ich habe sie, weil ich mich gefunden habe. Es ist ein Lernprozess, einfach auch einmal einen Ellenbogen herauszustrecken und sich zu wehren.

Ich beginne damit. Ich möchte nicht mehr die Welt verbessern.Ich bin stolz auf mich.

„Neue Updates sind verfügbar. Klicken Sie hier, um diese herunterzuladen!"

Schon passiert.
Danke!!!

Ich habe noch eine neue zweite Ausbildung zur Drogistin begonnen.

Ich arbeite nebenbei in einem Callcenter, anstrengend, aber gut.
Da ist eine gute Freundin von mir. Sie ist lesbisch.
Wir verstehen uns gut.

Wir gehen oft zusammen in die Disko, mitten in der Woche.
Dort mache ich erste Erfahrung, dass andere Mütter auch hübsche Söhne haben.
Erste Küsse und Treffen mache ich. Wie viele es waren, weiß ich heute nicht mehr, viele Bettgeschichten, ich wollte es so und wollte es in meiner Nähe haben.

Nach weniger Zeit hat mein Ex-Freund viele Bewerbungen geschrieben, aber alles Absagen bekommen.

Dafür habe ich es erleichtert durchgestanden.
Mein Fehler war, ich bin fremdgegangen. Ich habe meinen Ex

geliebt und die Utopie hat wieder angeklopft.
Kurz vor Weihnachten 2010 hat er die Beziehung beendet.

Ich habe meine Utopie rein gelassen und sie war da.
Im Januar 2011 kündigte mein Ex-Freund meine zweite Ausbildung zur Drogistin, weil ich gemobbt worden bin.
Die Utopie hat wieder angeklopft und ich habe sie auch diesmal rein gelassen.
Es folgt eine schwere Zeit ohne Freund.

Am 11.03.2011 sehe ich nur noch eine Lösung, all meine Probleme loszuwerden.

Ich stürze mich aus dem Haus, wo ich neu eingezogen bin, 30 m hoch.

Es ist alles schrecklich und peinlich, aber die einzige Lösung für meine Probleme damals. Utopie siegt.
In den nächsten Wochen bin ich in klinischer Behandlung woanders als sonst, weil ich umgezogen bin, aber nicht schlecht.
Durch dem Fenstersturz bekomme ich einen Betreuer. Nach dem ärztlichen Gutachten bekomme ich EU-Rente.

Das ist nicht schlecht, eher gut.
Ich komme in ein Pflegeheim.
Die Pfleger regen sich auf, weil ich oft klingle.
Wir schreiben Nov. 2011, da komme ich in ein anderes Alterswohnheim, wo ich ganze vier Jahre nur im Bett

liege. Der Hauptgrund hierfür ist, weil ich so starke Beinschmerzen habe. Ich bin die Jüngste. Ich klingele oft, aber nicht, wie im letzten Heim.
Mir wurde dann die Klingel weggenommen.
Also rufe ich oft, wenn ich ein Bedürfnis habe.

Die Schwestern sind sehr verärgert darüber und schmeißen meine Türe oft zu.
Traurig aber wahr und die Utopie siegt immer wieder.
Anfang 2012 lerne ich den Mitbewohner kennen, er hilft mir, wo er nur kann.

Er ist 27 Jahre älter als ich. Er sorgt dafür, dass es mir gut geht.

Wir sind ein Paar bis Mitte 2014. Zwischenzeitlich trennt er sich von mir. Wir haben heute noch Kontakt. Dann mache ich SMS-Chat mit. Da lernte ich meinen neuen Freund kennen, 2014 im Frühling. Er wohnt weit weg und wir haben uns noch nie gesehen. Er ist etwas älter als ich und geht hart arbeiten.

Mir wurde das Handy weggenommen, weil wir über Sex geschrieben haben. Da hat die Utopie wieder angeklopft. Ich hatte Angst, mein Freund trennt sich. Ich habe die Utopie nicht rein gelassen. Das Handy wurde mir 3 lange Wochen weggenommen. Ich habe das Handy ab und zu bekommen.

Wir haben uns nie gesehen, aber die Liebe ist da. Seit Dezember2013 habe ich wieder Kontakt zu meinen geschiedenen Eltern, dank meines Heilpraktikers.
Seit Anfang Jan. 2014 darf ich wieder rauchen.

Am 25. Februar2014 verstirbt meine liebe Oma.
Zur Beisetzung wollte ich mit dabei sein, aber durfte nicht.
Meine Tante und meine Schwester haben es mit verboten, weil ich angeblich die Show meiner Oma im Rollstuhl gestohlen hätte.
In Gedanken war ich bei der Trauerfeier meiner Oma. Durch den Kontakt zu meinen Eltern habe ich meine Schwester verloren.

Meine Schwester meldet sich wenig und kommt sehr selten.
Die Utopie hat wieder angeklopft und ich musste sie wieder rein lassen.
Anfang 2014 habe ich ein Juckgerät bekommen.
Damit habe ich immer gejuckt, mein Katheter habe ich unbewusst herausgezogen, deshalb wurde mir es weggenommen.
Seit 2013 nehme ich meine Haare immer zum Spielen, das Spiel läuft folgendermaßen: Ich nehme das Haar in die rechte Hand, dann hebe ich die Hand hoch und das Haar lasse ich herunterfallen auf meinen Körper.

Seit Anfang 2015 habe ich ein neues Spiel entwickelt, ich zähle die Schrauben an meinem Bettrand.

Anfang 2015 geht meine Lieblingsschwester in die Rente.

Ich weine deshalb viel. Die Utopie hat wieder angeklopft, ich musste öffnen.

Zu Beginn hat mir im Heim das Essen gut geschmeckt, aber seit 2014 kauft mir meine Mama immer Obst.

Mitte 2015 habe ich meine Tage nach 1,5 Jahren.
Die Utopie hat angeklopft, ich habe aber nicht aufgemacht. Ich bin glücklich, dass ich doch noch eine Familie gründen kann, wenn ich fitter bin.

Meine Mama hat oft E-Zigaretten im Internet bestellt und Kulumchen hat es sogar auch einmal gekauft.

Wir schreiben September 2015. Meine Neurologin stellt Depressionen bei mir fest.
Ich muss in eine psychiatrische Klinik, das ist okay, es ist nichts Schlimmes, ich bin das gewöhnt.
Die Utopie hat wieder angeklopft und ich habe aufgemacht.
Mein Freund macht einfach Schluss, weil er eine Familie haben will und sich im Heim nicht vorstellen kann.
Wir bleiben aber im freundschaftlichen Kontakt.

Meine Mama wollte meine Betreuerin werden.

Allerdings war mein Ex-Betreuer damit nicht einverstanden. Utopie hat angeklopft, er hat meine Akte erst viel später durch anwaltliche Hilfe herausgerückt, seit Januar 2015 ist meine Mama aber nun doch meine Betreuerin.

Meine Mama hat es hinbekommen, dass ich die Nachricht im Dezember2015 erhalten habe, dass ich im Februar 2016 in ein neues Pflegeheim komme. Kein Platz für Utopie.

Im November 2015 lerne ich einen tollen Hasi in dem SMS-Chat kennen. Wir sind ein Paar, er ist aus Hamburg, geht aber leider am 31.12.2015 fremd. Utopie hat wieder gesiegt. Traurig aber wahr. Ich trenne mich sofort.

Ich bete oft, damit ich meine Beinschmerzen verliere.Das Gebet lautet wie folgt: „Ich bin gesund und damit schmerzfrei.

Im Namen des Vaters und Amen." Alles 5 bis 10 mal, geht mir viel besser.

Seit dem 01.02.2016 bin ich im neuen Heim in Mamas Nähe. Dort ist es klasse. Das fängt schon beim guten Essen an. Es gibt jeden Tag Salat wahlweise. Kein Platz für Utopie.
Es gibt nur Probleme beim Verlegen meiner zwei Bücher. Mama muss einiges Korrekturlesen, was Kulumchen nicht lesen kann. Das ist auf einem USB-Stick gespeichert. Damit kann meine Mama aber nicht umgehen. Deshalb verzögert sich der Verlag. Utopie hat wieder gesiegt.

Ich habe einen Verlag gefunden, der für 39,00 Euro mein Buch verlegen

würde. Utopie hat nicht angeklopft. Das möchte meine Mama allerdings nicht.Angeblich zu teuer. Hasi hat mir das Geld per Post gesendet.
Am 11.02.2016 war der neue Psychiater bei mir. Ein klasse Arzt. Er will meine Medikamente umstellen. Utopie hat nicht angeklopft.

Am selben Tag hat der Heimleiter mir sein „Du" angeboten. Der Buchverlag verzögert sich immer noch. Ich habe eine sehr gute Freundin vom Abitur und Ex-Chefin gefragt. Sie kümmern sich vielleicht.

Kulumchen meldet sich nicht mehr. Keine Ahnung, wie es ihr geht. Utopie hat wieder gesiegt. Traurig, aber wahr. Ich hoffe, mein erstes Buch wird von meiner Freundin vom Abitur verlegt.

Das wird schon alles. Ich lass Utopie nicht nochmal siegen.

Gestern hat sie wieder angeklopft. Ich habe meine Schwester erreicht und gefragt wegen Buchverlag. Sie macht es nicht wegen Bankverbindung. Utopie hat wieder gesiegt. Ich habe noch etwas vergessen zu schreiben. Mir geht's klasse im neuen Heim. Utopie klopft nicht an. Bin jeden Tag froh, hier zu leben.

Seit 3 Wochen rauche ich wieder echte Zigaretten, aber sehr wenig. Eine Schachtel reicht momentan bis zu 3 Wochen. Das ist mir schon wichtig, aus finanzieller und gesundheitlicher Sicht, zusätzlich rauche ich noch elektrische Zigaretten. Das muss sein, ohne geht es nicht. Das neue Heim ist schon klasse. Lecker Essen jeden Tag. Utopie hat keine Chance. Ich esse fast jeden Tag Salat zum Mittag. Wirklich Wahnsinn. Im neuen Heim gib es auch eine Kabale. Anfangs schlechte Beziehung. Utopie siegt. Aber bald geht es besser. Außerdem gibt es noch erstklassische Therapien. Da hab ich heute wieder mitgemacht. Ich habe ein Katzen- und Hundepuzzle zusammengefügt. Als Belohnung durfte ich rauchen, gute Ergotherapeutin. Utopie hat keine Chance. Ich wollte noch einmal betonen, dass ich wieder echte Zigaretten rauche. Echt super. Utopie hat keine Chance. Die Schwestern sind alle nett zu mir. Ich hab schon wieder Lieblingsschwestern. Meine Lieblingsschwester könnte meine

Mama sein, ist aber noch Azubi, super nett. Sie hat mich für ihre Prüfung eingeplant. Utopie hat nicht angeklopft. Ich hätte sie nicht rein gelassen. Dann sollte ich eine Therapie machen, wenn ich rauchen darf. Also hab ich gesagt, wenn ich ein wenig Buch weiterschreiben darf. Das wurde akzeptiert. Meine Ergotherapeutin hat Urlaub. Deshalb bekomme ich keine richtige Therapie. Ist nicht schlimm. Umso mehr kann ich mein Buch weiterschreiben. Kein Platz für Utopie. Heute gibt es wieder Salat zum Mittag. Hier schmeckt es ganz gut. Solcher Salat, meist mit Käsestückchen, lecker. Mir hat jemand den Tipp gegeben, mal das Radio zu kontaktieren wegen Buch. Da hab ich Radio gleich angerufen. Sie waren total begeistert. Ich habe gesagt, dass ich das Buch einschicken werde. Mutti wollte das aber nicht. Utopie hat wieder gesiegt. Da hab ich Hasi gefragt. Er hat gleich eingeschickt. Kein Platz für Utopie. Die Arbeit mit dem Buch macht Spaß. Ich habe eine neue Pfarrerin. Sie ist von der Kirche in Oschatz. Sie ist 1 Jahr älter als Bruderherz. Sie wollte sich mal kümmern wegen Buchverlag durch die Kirche. Utopie hat leider wieder gesiegt. Die Kirche erlaubt den Buchverlag leider nicht. Kulumchen hat sich wieder gemeldet. Ihr geht es gut. Utopie hat keine Chance. Ich habe noch was Wichtiges vergessen zu erzählen. Die gute Ergotherapeutin hat mir wieder erlaubt, mein Buch weiterzuschreiben auf ihrem Laptop. Utopie hat keine Chance. Ich habe jetzt Mama gebeten, meinen USB-Stick von meinem Ex-Chef abzuholen, damit ich mein 2. Buch korrigieren kann. Sie macht es, das dauert aber noch etwas. Ich habe überlegt, dass ich nächste Woche noch einmal meinen Ex-Chef frage wegen Buchverlag. Utopie darf nicht siegen. Wenn ich gesund werde, würde ich gern bei meinem alten Chef arbeiten. Das haben wir uns ausgemacht. Utopie hat keine Chance. Das ist mein großes Ziel. In den letzten Tagen ist was Schreckliches passiert, die elektrischen Kippen... Ich habe gehört, die elektrischen Kippen sollen abgesetzt werden. Dann hab ich ein Problem. Utopie siegt. Heute ist Freitag, der 01.04.2016. Mein ehemaliger Chef hat sich für heute angemeldet. Ich werde ihn mal fragen wegen Buchverlag. Vielleicht hab ich ja Glück und Utopie siegt nicht.

Ich habe noch was Wichtiges vergessen, zu erwähnen. Im ganzen März hatte ich wieder Selbstmordgedanken. Das war richtig schlimm, Utopie hat angeklopft aber Dank meiner Psychologin und Mama geht's mir heute am 18.04. 2016 viel besser. Utopie hat nicht gesiegt. Und ich habe jetzt einen guten Kumpel aus dem alten Heim überzeugen können, mein Buch zu verlegen. Er hat fest zugesagt. Aber leider hat er seit gestern sein Handy aus. Utopie hat wieder gesiegt. Ich bin stark enttäuscht.

Es gibt noch etwas Positives zu berichten. Eine gute Freundin aus

dem SMS - Chat aus Wolfsburg will zu mir ziehen. Weil wir uns so gut verstehen und sie hat weder Familie noch Freunde. Kein Platz für Utopie. Sie hat leider nur den Hauptschulabschluss und ist schon 33. Ich hab sie sehr lieb.
Utopie hat noch gesiegt, was meinen besten Kumpel aus Bielefeld betrifft. Er hat die Freundschaft gekündigt. Ich denke, er ist tot. Das sagt mir mein Gefühl. Ich erreiche ihn nicht mehr - Utopie siegt.
Am letzten Wochenende habe ich wieder Kulumchen SMS geschrieben, aber sie schreibt nicht mehr zurück. Ich glaube, sie hasst mich. Utopie hat gesiegt.
Seit zwei Wochen rauche ich wieder mehr. Eine Schachtel reicht etwa eine Woche. Am 24.06.2016 durfte ich hier

im Heim vor der Kirche und dem Heim mein 1. Buch vorstellen.
Heute ist Freitag, der 08. 07. 3016 und ich kann stolz mitteilen, dass mir der Heimleiter einen Laptop bestellt hat, damit ich mein Buch weiterschreiben kann. Internet kommt nächste Woche dazu. Wenn ich Glück habe, darf ich dann drei Stunden am Tag im Internet surfen, für 10 Euro im Monat. Das finanziert alles Mama. Meinen Papa habe ich nun schon seit März nicht mehr gesehen. Am 21.07.16 ist die Gerichtsverhandlung wegen Versorgungsausgleich. Mein Papa fordert noch Geld von meiner Mama. Ich habe im Gefühl, meine Mama wird siegen. Mein Gefühl trügt selten. Utopie siegt nicht.

Kulumchen hat mir gestern SMS zurückgeschrieben. Ihr geht es gut. Ich habe mich sehr freut.
Mein Ex-Chef hat sich gemeldet und mir schlechte Nachrichten gebracht. Dabei ist herausgekommen, dass er meinen Stick verloren hat. Zum Glück hat Kulumchen die Daten noch gespeichert und meiner Mama gemailt. Utopie hat angeklopft, aber nicht gesiegt.

Seit dem 21.06.2016 habe ich einen neuen Freund. Er ist 39, aus Braunschweig und wir kennen uns aus dem SMS Chat, wo auch meine ganzen Exfreunde herkommen. Aber ein großer Unterschied ist, er sucht sich gerade eine Wohnung hier bei mir und eine Arbeit hat er auch schon bei einem Fahrzeugunternehmen in der Nähe.

Ich habe ganz vergessen, zu erwähnen, dass eine gute Freundin aus der Ausbildung begonnen hat, mein Buch kostenlos als E-Book zu verlegen. Sie hat aber leider keine Zeit mehr. Sie geht voll arbeiten und hat zwei Kinder.
Es gibt noch etwas Neues. Ich habe seit Februar 7 kg abgenommen. Mir geht es klasse damit. Das liegt an dem guten Essen hier im neuen Heim und daran, dass ich jeden Tag herauskomme.

Bruderherz ist 40 geworden. Ich habe ihm ein Bild gemalt und einen Brief geschrieben, aber er meldet sich seit

Dezember 2015nicht mehr. Ich bin sehr traurig darüber. Er fehlt mir.

Meine Schwester habe ich seit 1,5 Jahren nicht gesehen und sie wohnt hier in der Nähe. Ich erreiche sie telefonisch manchmal. Sie selber ruft allerdings nicht an. Utopie hat gesiegt, was meine Geschwister betrifft.

Die einzige, auf die ich noch zählen kann, ist Mama.Ich hab sie gern.
Seit dem 21.06 hab ich einen neuen Freund.
Mit meinem Freund aus Braunschweig hab ich die Beziehung beendet. Ich habe im Chat nach Kumpelinen gesucht. Da hat er sich gemeldet und ich dachte daraufhin, dass er eine Frau ist. Ich habe sofort die Beziehung beendet, weil ich mich

nicht verarschen lasse. Er war sehr traurig darüber, weil er schon seine Arbeit gekündigt hat. Ich habe ihm daraufhin geraten, bei seiner alten Arbeit wieder nachzufragen. Utopie hat gesiegt.
Seit dem 03.10.2016 habe ich einen neuen Freund, wieder aus dem Chat. Er ist aus der Nähe und 8 Jahre älter als ich. Wir haben uns leider noch nie gesehen, er hatte leider einen Arbeitsunfall und kann deshalb kein Auto mehr fahren.
Ich hatte am 20.09.2016 fünf epileptische Anfälle. Dann kam der Notarzt und hat mich ins Krankenhaus gebracht.
Dort war ich bis zum 22.09.2016.

Ich habe auch noch eine neue Lieblingsschwester, weil der Lehrling nicht übernommen wurde. Meine Lieblingsschwester ist Wohnbereichsleiterin. Wir verstehen uns gut, sie kann das manchmal nachvollziehen mit meinem Rauchverlangen, weil sie vor ihrem Kind ebenfalls geraucht hat.

Und noch eine Neuigkeit. Ich habe im Chat einen netten Herrn kennen gelernt, der mir Mitte September mein 1. Buch als Falltbuch verlegt hat. Er hat mir sogar eine Homepage erstellt, wo Werbung über das Buch steht.

 Heute ist Mittwoch, der 02.11.2016 und ich war heute früh wie jeden Mittwoch in der Badewanne, schön war es, kein Platz für Utopie.
Seit dem 21.10, rauche ich nur noch 3 Zigaretten am Tag. Das fällt mir sehr

schwer. Abends bekomme ich zum Glück noch ein Nikotinbonbon. Da gab es auch Diskussionen. Erst bekam ich das Bonbon von den Nachtschwestern, nun allerdings vom Spätdienst, weil ich früh immer so müde wäre.

Seit 01.07.2016 gibt es einen neuen Praktikanten auf der Station. Er ist etwas jünger als ich und sehr nett. Anfangs wollte er sogar mein Buch verlegen. Das hat aber leider nicht funktioniert, weil er keinen Computer mit Internet hat.

Ich habe eine neue Bezugsschwester. Durch meine Nikotinbonbons hatten wir am Freitag große Probleme, ich habe heimlich immer die Bonbons genommen. Sie hat mich dabei erwischt.

Ich habe die Lutschbonbons im Batteriefach meiner Fernbedienung versteckt. Die Schwestern haben das komischerweise mitbekommen. Traurig, aber wahr. Utopie hat gesiegt. Sie möchten gar nichts mehr für mich tun.
Ich hatte Kontakt mit meinem Ex-Chef. Er hat den Stick wieder gefunden und will mich bald besuchen kommen, wenn er einmal Zeit hat. Schwesterherz hat mir zum 30. Geburtstag gratuliert& will mich bald besuchen kommen. Ich freue mich sehr darüber. Das hab ich auch meinem besten Kumpel zu verdanken. Von ihm habe ich noch gar nichts erzählt, es ist ein klasse Mensch. Wir waren in der Jugendzeit befreundet. Hat mich oft besucht & gemeinsam haben wir geraucht. Dann hatten wir

10 Jahre keinen Kontakt, weil ich umgezogen bin, Utopie hat gesiegt. Wir haben seit September 2016 durch das Internet wieder Kontakt und er will mich zum Glück einmal im Monat besuchen. Es gab in den letzten Tagen schon wieder viel Ärger im Heim. Utopie lässt grüßen. Die Wohnbereichsleiterin hat gesagt, ich muss die Station wechseln. Das war aber kein Spaß, ich habe das gleich Mama geschrieben und sie hat es gleich dem Heimleiter gemailt. Die Wohnbereichsleiterin und gleichzeitig meine Lieblingsschwester hat mir diese Woche erzählt, dass es schwierig ist, den Dienstplan zu erstellen, weil einige Schwestern immer sagen:„Nee, mit der Schwester möchte ich nicht zusammenarbeiten." Ich war verwundert, dass sie mir das

erzählt. Ich bin ja schließlich eine Bewohnerin. Meine Psychologin hat gemeint, ich solle ruhig bleiben & vielleicht benötigte sie nur mal jemanden zum Reden. Ja, das wird es sein.
Seit Sommer habe ich eine neue Psychologin. Das ist eine sehr nette.Sie hilft mir, wo sie nur kann.

Leider erzählt sie nichts von sich, sie mag nichts preisgeben, was ja auch kein Problem ist. Kein Platz für Utopie. Ich hatte jetzt seit November 2016 meinen Laptop nicht, weil ihn meine Mama mit nach Hause genommen hat, um Internet einzurichten. Zu Weihnachten 2016 hatte ich nachts starke Selbstmordgedanken.. Der Grund waren meine starken Beinschmerzen.

Ende Dezember war mein ehemaliger Chef bei mir. Der Besuch war sehr schön, er möchte auch öfters kommen.
Freu.

Mein bester Kumpel wollte eigentlich Internet einarbeiten, hatte aber keine Zeit. Utopie hat gesiegt. Ich habe noch kein Internet. Heute ist der 22.01.2017.

Wir haben Ende 2016 einen netten Mitbewohner bekommen. Wir haben immer „Ei Ei" gemacht. Da hat er mich immer im Gesicht gestreichelt. Leider ist er am 16.01.2017 von uns gegangen. Utopie hat gesiegt.
Schlimm ist es.

Seit 01.01.2017 rauche ich nur noch zweimal die Woche und zwar, wenn Mama kommt.Außerdem nehme ich noch Nikotinlutschbonbons. Die helfen und schmecken gut.

Mama hat mir zu Weihnachten ein Smartphone geschenkt, mit dem ich erst gar nicht klarkam. Wir haben das jetzt aber umgetauscht und jetzt geht es. Kein Platz für Utopie.

Seit einiger Zeit haben wir wieder neue Azubis. Die eine davon ist meine Zweitlieblingsschwester. Wir hoffen, sie wird übernommen, wenn sie im August 2018 Aus lernt. Und die andere aus dem 1. Lehrjahr ist meine Drittlieblingsschwester. Das ist die jüngste Schwester hier.

Es gibt noch eine positive Neuigkeit. Ich bin darauf aufmerksam gemacht worden, mein erstes Buch auf der Leipziger Buchmesse im März 2017 auszustellen. Bin sehr glücklich darüber. Utopie hat aber schon wieder gesiegt. Die Ausstellung kostet 100 Euro, leider.
Ich habe letztes Wochenende im Freundes - und Familienkreis um Geld gebeten. Viele der Befragten waren stolz und haben zugesagt, dass sie sich an den Kosten beteiligen, zum Glück.Jeder gibt etwas dazu. „Kleinvieh macht auch Mist". Kein Platz für Utopie. Ich hatte heute Kontakt mit dem Heimleiter. Er hilft mir vielleicht morgen das Anmeldeformular auszufüllen und zudrucken, utopielos. Ich habe ihn als Dankeschön schon gedrückt. Der

Heimleiter hat mir das Anmeldeformular leider nicht ausdrucken können, weil es eine private Angelegenheit ist. Aber die Auszubildende war so nett und hat mir das Formular ausgedruckt. Mama war sich erst unsicher, ob sie mir die Angelegenheit erlaubt. Sie hat mit dem Heimleiter gesprochen und es dann erlaubt, utopielos. Am Mittwoch, den 25.01.2017 habe ich mit Mama das Anmeldeformular ausgefüllt. Da war ich erst sauer, da Mama erst einmal alle Daten extra separat notiert hat. Das war also doppelte Arbeit. Aber ich war natürlich überhaupt erst einmal glücklich, dass sie es mir erlaubt hat. Utopie hat angeklopft, ich habe aber nicht geöffnet.

Ich habe schon sehr lang nichts mehr von meiner Chatfreundin aus der Nähe von Wolfsburg erwähnt. Wir verstehen uns sehr gut, telefonieren sehr oft. Sie möchte zu mir ziehen, weil sie in ihrer Heimat keine Freunde hat. Sie möchte gern eine Ausbildung zur Altenpflegerin absolvieren oder aber ihren Realschulabschluss nachholen. Heute Abend werde ich mehr darüber erfahren.

Kulumchen habe ich nun 1,5 Jahre nicht gesehen, ich bin sehr traurig darüber. Meine Psychologin versteht es auch nicht, warum sich kaum jemand meldet. Mein bester Kumpel ist der einzige, der sich oft bei mir meldet. Er kommt im Februar wieder zu mir. Leider ist er zurzeit noch erkältet.

Wir haben noch eine neue Mitarbeiterin. Sie ist etwas älter als Schwesterherz und hat schlimme Schicksalsschläge hinter sich. Wir verstehen uns gut, Ersatz-große -schwester. Utopie schlägt nicht zu. Ihr gefällt sehr mein Spiel mit meinen Haaren sehr gut. Seit Februar 2016 singe ich noch dazu:„Schalala in the morning, Schalala in the evening und Plumps". Ihr gefällt das als einzigste und sie kämmt mir oft die Haare. FREU

Eine Schwester hat gesagt, ich soll mich mal kümmern, dass ich einen Termin beim Orthopäden bekomme, der sich einmal meinen Spitzfuß anschaut. Ich bin wieder meinem dritten Hobby nachgegangen und habe gleich telefoniert. Den Termin habe ich für Februar in einem sehr guten Leipziger Krankenhaus bekommen, freu freu. Kein Platz für Utopie. Der Heimleiter hat mir schon mitgeteilt, dass der Überweisungsschein für den Orthopäden und Chirurgen vorliegt. Ich freue mich sehr darüber. Wenn wirklich eine Operation stattfindet, habe ich sehr gute Chancen mich mehr bewegen zu können. Als meine Physiologin von dem Termin erfahren hat, war sie sehr sauer, so dass wir den Termin abgesagt haben. Sie ist der Meinung, dass eine Operation die letzte Chance ist.

Meine Hausärztin war am Mittwoch ebenfalls im Heim. Sie war Ende letzten Jahres da, konnte mich aber leider nicht Grippeschutz impfen, da

Mama nichts unterschrieben hat. Deshalb war sie jetzt noch einmal da. Allerdings hat sie mich nicht geimpft, da sie der Meinung war, die Zeit ist vorbei. Ich habe mich gewehrt, aber die Schwestern sagten nur, ich soll nicht diskutieren. Utopie hat gesiegt.Die neue Schwester hat gemeint, dass sie im Radio gehört hat, dass es 8 Todesopfer wegen Grippe gab und der Sender hat empfohlen, sich noch impfen zu lassen. Die neue Schwester hat gleich an mich gedacht, hat sie gesagt. Ich habe heute mit dem Heimleiter gesprochen, ob ich mir eine neue Ärztin suchen darf. Er hat „Ja" gesagt. Das ist mein Glück.

In letzter Zeit gab es Ärger mit den Schwestern, so dass meine Psychologin schon ab und zu mit den

Schwestern einen Besprechungstermin hatte. Es ging darum meist, weil ich immer so nerve und schreie, wenn ich Hilfe benötige. Meine Psychologin ist der Meinung, dass ich mich gebessert habe. Das Negative ist mein Rauchverlangen. Aber ich rauche zurzeit nur zweimal die Woche, wenn Mama bei mir ist. Ich schaffe es nicht, ganz aufzuhören mit Rauchen. Seit 25.01.2017 haben wir einen neuen Mitbewohner. Er ist schon etwas älter und sehr nett. Ich habe ihn gerade gefragt, ob ich über ihn im zweiten Buch schreiben darf. Er hat zugestimmt.
Am 28.01.2017 habe ich wieder Nikotinlutschbonbons genommen und zusätzlich nach dem Kaffee trinken geraucht. Das Fazit waren 3 epileptische Anfälle. Ich habe sofort

Medikamente bekommen, die aber nicht gewirkt haben. Der Notarzt hat mich auf die Intensivstation in der Nähe gebracht. 4 Tage war ich da. Danach war ich 2,5 Monate rauchfrei. Mir ging es aber sehr schlecht ohne die Glimmstängel. Die Folge waren viele Diskussionen mit Mama und den Schwestern. Das schlimmste allerdings waren meine Selbstmordgedanken. Ich wusste sogar schon, wie ich mich umbringen wollte. Eine Schwester hat mir sogar geraten, einen Abschiedsbrief an Mama zu schreiben, welcher heute noch vorliegt.
Am 10.04.2017 war mein Psychiater und Neurologe da, welcher mir das Rauchen trotz Epilepsie erlaubt hat. Ende gut, alles gut. Kein Platz für Utopie.

Seit dem 12.04.2017 rauche ich zum Glück nur 4 Zigaretten täglich. Es gab viel Ärger deshalb. Mama, meine Psychologin und die Schwestern waren sehr dagegen, dass ich wieder anfange, aber die Sucht ist größer. Die Schwester des neuen Mitbewohners hat mir eine Schachtel zukommen lassen. Ich habe mich sehr darüber gefreut.

Wenn ich laufen kann, habe ich mir vorgenommen, wieder aufzuhören mit dem Rauchen, aber dieses mal endgültig. Kein Platz für Utopie.

Mittwoch, der 19.04.2017 ist ein schlimmes Datum. Der neue, ältere Mitbewohner ist leider an den Folgen seiner starken Erkrankung von uns gegangen. Ich bin sehr mitgenommen deshalb. Seine Familie hat mich zur Beerdigung eingeladen. Leider kann ich mir die Fahrt aus finanzieller Sicht nicht leisten. Utopie siegt. Traurig, aber wahr. Mama und ich haben aber wenigstens eine Trauerkarte geschrieben.

Wir haben eine neue Wohnbereichsleiterin. Da hat mich mein Gefühl nicht getrübt. Ich habe es immer geahnt, dass sie die nächste wird. Das ist eine ganz liebe Schwester.

Eine tolle Neuigkeit gibt es noch. Kein Platz für Utopie. Ich habe in letzter Zeit viel Kontakt mit Schwesterherz. Das tut gut. Sie sind gerade umgezogen in ein Haus und will bald zu mir kommen. Ich habe ihr gerade einen Brief geschrieben. Das beste ist, dass meine beiden Katzen noch leben.

Durch abendliches Schauen im Internet habe ich einen Verlag gefunden, der E-Books und Faltbücher kostenlos verlegt. Kein Platz für Utopie. Ich habe bereits mit meinem Kumpel aus dem Chat telefoniert, der meine Bücher immer verlegt. Er schaut sich den Verlag einmal an. Ich werde morgen den Verlag anrufen und nachfragen, ob das Verlegen wirklich kostenlos ist. Leider stimmt es nicht. Der Verlag fordert viel Geld.

Am 08.05.2017 hat meine Lieblingstante etwas Wahnsinniges für mich organisiert. Eine nette Optikerin von einiger Entfernung war im Heim und hat meine Augen gecheckt, da ich mit meiner jetzigen Brille schlecht sehe. Bei dem Test ist herausgekommen, dass ich kurzsichtig bin. Ich wusste das nicht, da ich vor 12 Jahren das einzige und letzte Mal beim Optiker war. Der Test war klasse, denn in einer Woche werde ich meine neue Brille erhalten. Mit dem diensthabenden Personal, meiner Tante und der netten Optikerin habe ich mir ein schönes schwarz-rotes Gestell ausgesucht. Ich freue mich drauf. Kein Platz für Utopie. Noch etwas Positives folgt: Schwesterherz möchte sich gern an den Kosten beteiligen. Darüber freue ich mich sehr. Sie hat sich sehr über den Brief gefreut und gemeint, sie kommen mich bald besuchen. Da habe ich schon im Brief geschrieben, dass ich Angst habe, dass ich die vier Familienmitglieder nicht erkennen werde. Vor knapp zwei Jahren haben wir uns das letzte Mal gesehen. Die Zeit vergeht.

Und noch etwas Positives: Mein älterer Ex-Freund aus dem alten Heim hat sich gemeldet und da haben wir ein Treffen, zusammen mit Mama zum Muttertag vereinbart. Ich freue mich sehr darauf.

Außerdem hat sich über das Internet ein guter Kumpel aus meiner Grundschulklasse gemeldet. Wir haben damals sogar in der gleichen

Straße gewohnt. Das beste ist, er will in ein bis zwei Monaten zu mir kommen. Darauf freue ich mich sehr. Er wohnt jetzt eine Stunde mit dem Auto von mir entfernt.

Mein bester Kumpel meldet sich zurzeit leider gar nicht mehr. Utopie hat gesiegt. Ich habe Angst, dass er mich nicht mehr mag. Er hat bald Geburtstag. Ich werde ihn ohne Nummer anrufen. Mal sehen, wie er reagiert.

Irgendetwas mache ich immer wieder falsch. Manchmal habe ich Angst, dass ich vereinsame.

Meine neue Lieblingsschwester hat mir beim Muttertagsgeschenk geholfen. Ich habe ein Gedicht und ein paar Sprüche für die beste Mama auf der ganzen Welt.

Mein bester Chatkumpel aus Mannheim hat mir am Telefon gestern erzählt, dass ich auf jeden Fall wieder laufen lerne. Vor Freude habe ich gleich geweint. Er ist immer so nett zu mir und hilft mir online, wo er nur kann.

Ich habe noch einmal wegen meinem hellseherischen Gefühl mit meiner Psychologin gesprochen und sie meinte, ich soll einmal mit meinem Psychiater sprechen. Das werde ich auch beim nächsten Arzttermin machen.

Es gibt noch etwas, was mich sehr beunruhigt. Folgendes: seit zwei

Monaten erreiche ich meinen ehemaligen Chef nicht mehr. Ich mache mir große Sorgen. Utopie siegt.

Heute ist Donnerstag, der 11.05.2017 und ich habe heute erfahren, dass der Berufsschullehrer morgen ins Heim kommt, der Ende 2016 so begeistert von meinem Buch war. Wenn es zeitlich funktioniert, werde ich ihn morgen fragen, ob ich noch in diesem Schuljahr mein Buch in der Berufsschulklasse vorstellen darf. Ich hoffe, dass Utopie nicht siegt. Ich habe mich gestern bei dem Transportdienstleister informiert, wie hoch die Kosten für eine Fahrt in die Berufsschule wären, Utopie hat gesiegt, sehr hoch. Ich habe heute mit

meiner Lieblingsschwester darüber gesprochen und sie hat gemeint, das klärt der Heimleiter. Ich sollte mir keine Sorgen machen.
Außerdem gibt es noch etwas Neues: In letzter Zeit habe ich häufig bei Nöten bei der Telefonseelsorge angerufen. Die geschulten Menschen helfen mir bei allen Belangen sehr.

Gestern habe ich seit langem mal wieder Kulumchen eine SMS geschrieben. Wir haben viel hin – und hergeschrieben. Sie hat mir auch mitgeteilt, dass sie im Januar ihre Lehre bestanden hat und nun glücklicherweise übernommen wurde. Freu.....

Vor Kurzem habe ich wieder mit meiner Patentante aus Westdeutschland telefoniert. Wir verstehen uns gut, ich rufe sie oft an. Leider haben wir uns schon zwei Jahre aufgrund der Entfernung nicht gesehen. UTOPIE!!!

Oft habe ich auch Kontakt mit meinem Chatkumpel aus dem gleichen Bundesland. Er kommt mich in etwa zwei Wochen besuchen. Darauf freue ich mich sehr. Wir verstehen uns gut. Er ist drei Jahre älter als ich.

Und mein Ex – Hasi aus Hamburg hat sich glücklicherweise ohne Utopie gemeldet. Auch da habe ich vor

Freude geweint. Wir verstehen uns auf freundschaftlicher Basis gut.

Leider habe ich gestern etwas Negatives erfahren. Mama hat mir den Verlag für dieses Buch aufgrund der Kosten verboten. Utopie spielt wieder mit. Leider. Irgendwie muss ich dieses Problem lösen. Die Frage ist nur wie?

Sonst geht es mir gut zurzeit. Am glücklichsten bin ich, dass ich vier Zigaretten am Tag rauchen darf. Klasse!

Noch eine positive Nachricht: Ab 01.07.2017 bin ich Geburtstagsbeauftragte, weil ich immer an alle denke, indem ich male und schreibe. Das erfreut mich sehr. Geburtstage sind wichtig!

Heute bin ich wieder meinem dritten Hobby nachgegangen, dem Telefonieren. Das habe ich von meinem lieben, leider schon verstorbenen Opi geerbt.
Dabei habe ich mit dem besten Mobilfunkanbieter telefoniert, den es gibt: Vodafone©. Ich hatte noch 8,49 Euro auf meinem Handy. Mein gewöhnlicher Tarif kostet 22,50 Euro und Mama war wegen der Kosten verärgert. Die nette Callcentermitarbeiterin, die Maria heißt, hat mir 1,50 Euro geschenkt und jetzt kommt es: Ich kann mit diesem Tarif auch unbegrenzt telefonieren, was mich sehr glücklich macht. Außerdem habe ich noch 1 GB

Internet und unbegrenzt SMS. Kein Platz für Utopie. Ich werde für immer bei Vodafone© Kunde bleiben.

Gestern war ein sehr schöner Tag. Ich konnte den Berufsschullehrer aufgrund der Buchvorstellung ansprechen und das Resultat ist, dass die Buchvorstellung im August sein soll, was mich sehr erfreut. Das habe ich gleich Mama geschrieben, die sich auch gefreut hat, weil sie um diese Zeit 60 wird.

Morgen kommt mein siebenundfünfzig jähriger Exfreund aus dem alten Heim zu Besuch. Das wird ein sehr schöner Muttertag mit ihm und Mama. Glücklicherweise hat meine Lieblingsschwester auch Dienst. Kein Platz für Utopie.

Zu Muttertag werde ich auch die Mama von meinem Ex, die ich heute noch „Mutti" nenne, anrufen. Das ist auch eine ganz gute Person, die immer für mich da ist.

Ich hatte wieder mit meinem Gefühl recht. Ich hatte geahnt, dass meine gute Freundin aus der Ausbildung im Mai oder Juni heiraten wird. Sie heiratet dieses Wochenende, habe ich über das Internet herausgefunden. Große Freude.

Gestern habe ich mit meiner Chatfreundin aus der Nähe von Wolfsburg eine Bewerbung zur Pflegehilfskraft in dem Heim formuliert. Wir haben große Hoffnungen. Das wäre traumhaft. Wir beiden möchten, dass sie hier herzieht. Kein Platz für Utopie.

Ich habe gestern auch mit meiner Lieblingstante telefoniert und sie hat gemeint, dass sie meine neue Brille kommende Woche Mittwoch oder Donnerstag vorbeibringt. Mein Gefühl liegt auf Donnerstag. Mal sehen. Überraschung!!!

Am meisten mache ich mir zur Zeit Sorgen um Bruderherz. Ob er wohl auch ab und zu mal an mich denkt? Große Frage, nächste Frage.

Die einzige, die noch ab und zu Kontakt zu ihm hatte, ist meine Tante. Aber in letzter Zeit auch nicht, meint sie.

Heute ist Samstag, der 20.05.2017 und Mitte dieser Woche ist mein Ersatzpapa wieder zu uns gezogen. Das ist sehr schön, denn kein Platz für Utopie. Außerdem haben wir eine nette neue sechsundfünfzig jährige Mitbewohnerin, mit der ich mich sehr gut verstehe, sie ist meine Ersatzmama. Leider hat sie schon seit ein paar Jahrzehnten keinen Kontakt zu ihrem Sohn. Sie wusste noch nicht einmal, wo er wohnt. Zum Glück gibt es das Internet, bin ich der Meinung. Ich bin meinem dritten Hobby hinterher gegangen und habe bei ihrem Sohn angerufen. Da hatte ich gleich seine Frau dran und habe gefragt, wie ihr Ehemann heißt. Sie hat mich schlecht verstanden und dann zu ihrem Ehemann weitergereicht. Ich habe ihm gesagt,

dass er eine Überraschung per Post erhält. Von seiner Mama habe ich ihm nichts erzählt. Ich habe mit meiner Ersatzmama einen lieben Brief mit ihrem Absender und meiner Handynummer geschrieben. Wir hoffen beide, er wird sich melden.
Kein Platz für Utopie. Das Personal fand es nicht gut, was wir getan haben, aber ich werde Mama bitten, den Brief abzusenden.
Gestern habe ich wieder eine E-Mail von meinem Mailaccount mit einem Gewinnspiel bekommen. Eigentlich darf ich laut Mama keine Gewinnspiele mehr mitmachen: Als Dankeschön fürs Mitmachen erhält man hier zwei Wochen gratis die Tageszeitung. Das ist wahr, denn die Erfahrung habe ich letztes Jahr schon getan. Toll war es.

Noch eine gesundheitliche Neuigkeit gibt es. Die Telefonseelsorge hat mir geraten, mal zu einem Schmerztherapeuten zu gehen. Ich habe mich telefonisch gleich darum gekümmert. Allerdings zahlt die Krankenkasse die Fahrt nicht. Die Kosten würden nur übernommen werden, wenn wir diesen Termin mit der Schmerzpumpenauffüllung im gleichen Krankenhaus verbinden. Das dauert aber noch. Ende Juni muss ich wieder zur Pumpenauffüllung und so schnell bekomme ich keinen Termin beim Schmerztherapeuten. Ich denke, Anfang August wird es.

Ich wundere mich sehr, warum meine Lieblingstante nicht mit meiner neuen Brille diese Woche zu Besuch war. Ich hoffe, sie ist nicht krank.

Ich habe diese Woche erfahren, dass ich eine neue Bezugsschwester bekomme. Schade.

Heute ist Dienstag, der 23. 05.2017. Heute zur Mittagsruhe waren etliche Lehrlinge von anderen Stationen bei mir zu Besuch. Sie haben mein erstes Buch gelesen und wir haben darüber diskutiert. Das war sehr schön. Sie wollen öfters kommen und bei der Buchvorstellung in der Berufsschule auch gern dabei sein. Darüber freue ich mich sehr.

Mama hat gestern den Brief von meiner Ersatzmama an ihren Sohn gesendet. Ich habe ein gutes Gefühl, dass er sich meldet.

Ende letzter Woche habe ich meinen Ex - Chef telefonisch erreicht. Wir konnten kurz sprechen, was mir gut tat. Er wird bald zu Besuch kommen.

Seit 22.05.2017 habe ich eine neue Brille von Lieblingstante und Schwesterherz. Damit sehe ich die Kürze und das Weite besser, zum Glück. Utopie lässt nicht grüßen.
Ich bin gestern wieder meinem dritten Hobby nachgegangen und habe mir ein gratis Abo von der Tageszeitung meiner Heimatstadt telefonisch bestellt. Da ich vor Kurzem allerdings erst ein Abo von der Stadt, wo das Heim ist, hatte, musste ich über Mamas Namen bestellen. Ab Samstag kommt die Zeitung zwei Wochen lang ins Heim gratis. Darauf freue ich mich sehr.

Ich wollte noch berichten, dass wir derzeit drei Raucher auf Station sind. Das ist gut, immer auf dem Balkon zu sitzen, qualmen und quatschen.

Momentan kümmere ich mich täglich darum, dass meine Bücher über das Fernsehen geworben werden, was schwierig ist.
Utopie hat schon einmal gesiegt, denn ein Fernsehsender wollte 2000 Euro dafür haben, dass sie Werbung über mein Buch machen. Ich habe sofort aufgelegt.
Mir geht es zurzeit nicht gut, weil ich stark erkältet bin. Das Personal hat schon gemeint, ich soll weniger rauchen. Das will ich aber nicht.

Was mir sehr fehlt, ist ein Freund, einfach mal küssen und kuscheln.

Ich hatte letzte Woche tollen Besuch. Die ehemalige Bewohnerin von der 4. Station war da,
Sie ist leider seit Mitte Dezember in einem anderen Heim, hier in der Nähe.

Wir haben damals immer zusammen im Raucherzimmer geraucht.

Mein bester Kumpel hat sich gemeldet, indem er sich für das Geburtstagsgeschenk bedankt und entschuldigt hat, dass er sich so wenig meldet. Er ist stark im Stress.

Heute ist Donnerstag, der 25.05.2017 und ein lieber Mitbewohner hat heute Geburtstag. Zu seiner Feier heute Nachmittag werden auch die Verwandten des kürzlich Verstorbenen zu uns kommen. Darauf freue ich mich sehr. Ich habe noch viel Kontakt mit seiner zwölfjährigen Großnichte. Wir schreiben uns ab und zu über das Internet und ich habe sie gebeten, englische Aufgaben mitzubringen. Das fehlt mir sehr. Darüber hat sie sich gefreut. Wir werden zusammen eine Geschichte schreiben. Toll.

Meine Bein- und Fußschmerzen sind zur Zeit wieder sehr schlimm, so dass ich nachts oft Bedarfsmedikamenten nehmen muss. Diese Tropfen helfen, denn wenigstens und ich kann schmerzlos schlafen.

Aus diesen Gründen habe ich mich nach Absprache mit Mama um einen Termin beim Schmerztherapeuten gekümmert. Der Termin konnte aber noch nicht festgelegt werden, da die Krankenkasse die Fahrt dahin nicht übernimmt.UTOPIE!!!

Ich habe über das Internet den Enkel von der Schwester meiner Oma gefunden. Wir haben guten Kontakt und er ist begeistert, dass ich Autorin bin. Leider wohnt er in der Schweiz, aber, wenn er das nächste Mal in Deutschland ist, will er mal zu Besuch kommen. Ich werde ihn heute mal fragen, ob er noch Kontakt zu Bruderherz hat. Die beiden waren zu Jugendzeiten fest befreundet.

Nächste Woche hat meine ehemalige Pfarrerin 64. Geburtstag. Ich habe ihr gestern schon was gemalt und geschrieben. Ich hoffe, sie freut sich.

Heute ist Samstag, der 03.06.2017 und ich muss gleich erst einmal berichten, dass ich gerade dabei bin, mein erstes Büchlein abzuschreiben. Ich habe mit meinem Verleger - Hasi aus Mannheim nämlich festgestellt, dass mein Tagebuch fehlerhaft war. Aus diesem Grund schreibe ich es noch einmal ab, damit das nächste Buch ordentlich und fehlerfrei verlegt werden kann.

Heut ist Freitag, der 09.06.2017 und es gibt zahlreiche Neuigkeiten.

Am 06.06.2017 hatte ich großartigen Besuch. Der Enkel von der Schwester meiner Oma war da. Wir haben uns schon etliche Jahrzehnte nicht mehr gesehen. Das Treffen war sehr schön. Er arbeitet auch im medizinischen

Bereich und hat ehrlich gemeint, ich bin gar nicht mehr schizophren. Das zu hören, tat gut. Utopielos!

Am 07.06.2017 hatte ich ein umfangreiches Heimleitergespräch. Es ging um mein Verhalten dem Personal gegenüber. Wir waren zu viert.Die Kritik ist mein Gefährde und das ich das Personal immer so anstelle. Ich muss mich ändern und respektvoller werden.Das negative Fazit wäre eine Vertragskündigung. Das möchte ich natürlich vermeiden. Es ging auch darum, dass ich immer auf die Schwächen von anderen achte. Das muss ich ändern, werde ich auch, denn ich will ja hier bleiben.Was mein Gefühl betrifft, gibt es etwas Negatives zu berichten. Ich denke,

dass ich das Heim wechseln muss.
Das wäre sehr schlimm.

Es gibt noch etwas Positives: mein
Hasi aus Mannheim fährt Ende Juni
an die Nordsee in den Urlaub. Wenn
alles klappt, kommt er mich besuchen.
HEUL VOR FREUDE!!!
Heut ist Montag, der 12.06.2017 und
ein komischer Tag.

Vorhin, beim Herausholen aus dem
Bett hat mein Genick so geklemmt am
Lüfter, dass ich Angst hatte wegen
Genickbruch. Da hat die Praktikantin
gemeint, ich soll mich nicht so haben,
hab schon anderes überlebt. Und ich
mich nochmal so verhalte, holt sie
mich nicht mehr raus aus dem Bett.

Heute ist Donnerstag, der 15.06.2017. Bruderherz hatte gestern Geburtstag. Ich hab an ihn gedacht.
Es gab gestern auch Streit, weil ich nachmittags eher mein Laptop zum Schreiben haben wollte. Da hab ich zu meiner Bezugsschwester und einer Praktikantin gesagt, dass wenn wir keine Lösung finden, wird meine Mama zum Heimleiter gehen. Das haben die Mädels als Drohung angesehen und gemeint, dass sie da eher zum Heimleiter gehen. UTOPIE

Heut ist Freitag, der 16.06.2017 und meine Psychologin war heute da. Das Gespräch war sehr positiv.

Mein Hasi aus Mannheim hat mir gestern geschrieben, dass ich in den letzten drei Tagen vier Bücher verkauft habe. Ich hab gleich geweint und ihn angerufen.

Heut ist Samstag, der 17.06.2017 und Mama hat sich grad mit Erdbeeren angekündigt. Freu...

Gestern hat es mich sehr geschockt, denn Altbundeskanzler Helmut Kohl ist leider 87jährig von uns gegangen.

Mir wurde letztens mitgeteilt, ich bin schon rücksichtsvoller geworden. Ich hoffe sehr, dass ich in diesem Heim bleiben kann.

Heut ist Donnerstag, der 22.06.2017 und es gibt viel Positives neues. Gestern war das Sanitätshaus mit meinen Orthesen gegen meinen Spitzfuß da. Die mussten noch etwas bearbeitet werden und ich bekomme sie heute noch. UTOPIE. Ich habe gleich als Dankeschön gemalt und geschrieben.

Heute ist Samstag, der 24.06.2017 und mir geht's supi. Die Orthesen sind klasse. Ich hab nur noch etwas Schmerzen dabei.Gestern war auch meine Physiotherapeutin bei mir und sie war sehr begeistert über meinem Training. Zum Glück. Kein Platz für Utopie. Ich habe bisher leider noch nicht die tollen Mitarbeiterinnen von der Tagesstruktur erwähnt. Das sind immer schöne Therapien.

Heute ist Dienstag, der 27.06.2017 und es hat sich in den letzten Tagen ergeben, dass mein Buch von meinem Chat-Kumpel Hasi aus Mannheim am kommenden Wochenende verlegt wird.

Freu.

Der Enkel von der Schwester meiner Oma holt den Stick am Donnerstag bei mir ab, weil ich noch kein Internet hab. Er schickt diese Mail dann zu meinem Hasi aus Mannheim.

Ende gut, alles gut.